〝目覚めよ〟と呼ぶ声が聞こえる

片山郷子

第六作品集

鳥影社

〝目覚めよ〟と呼ぶ声が聞こえる

目次

〝目覚めよ〟と呼ぶ声が聞こえる

天空から
光の中から
高い樹木の枝から
目を覚ませ
目を覚ませ
目を覚ませ
呼ぶ声が聞こえる
小鳥たちが澄んだ声で呼んでいる
雨の日は
こころの中に聞こえている
目を覚ませ
目を覚ませ
嘆きの中から
深い苦しみの淵から
起きよ

“目覚めよ”と呼ぶ声が聞こえる

色彩の見えない者は
ものの輪郭のわからない者は
視野の閉じた者は
昼と夜の区別のわからない者は
体内時計が狂い出す
朝は目に
朝はからだに
陽光を浴びて
そして
体内時計をありのままに戻そう

歌っている
小鳥たちの呼び声を聞こう
歌っている
目を覚ませ

優しいこころを覚ませ
想像力を育て
愛を生み
許すことを知り
無知から自分を解き離そう

そして
こころは
七色の虹で溢れ充つる

いつか
虹を渡って
わたしは母の子宮へ戻る
そしてわたしは子宮の中で
見える目を取り戻す
そして

“目覚めよ” と呼ぶ声が聞こえる

見える目をつかみ
世界を駆け巡る
宇宙を駆け巡る
…………

Original en mi bémol.
Choral transposé pour
les orgues accordées au
tempérament mésotonique.

Wachet auf, ruft uns die Stimme

a 2 Claviere e Pedale

BWV 645

ベンチのある散歩道

わたしの散歩道にあるベンチは、オレンジ色である。

オレンジ色は暖かい。わたしの好きな色でもある。

わたしの目は色彩がよく見えないのだが、光線の差し込む方向、また対象物を見る時間の長短、二秒か三秒か、そんなことによって脳裡にぼんやりと色が浮かび上がってくることがある。

オレンジ色は微妙に変化して見える。いくら目を凝らしても出てこない色もある。

ガイドヘルパーと「あじさいの小道」というところへ行った。崖にあじさいが並んで植えられていた。みなはあじさいに沿って花の観賞をしながら先へ進む。わたしとガイドヘルパーは、あじさいの花の色について話しながら進む。結構楽しく会話をする。

白は濃い緑の葉に包まれるように、こんもりと丸く大きく清潔に見える。青はわたしの記憶にあるあざやかで清楚(せいそ)な青色ではなくて黒っぽく見える。赤は複雑で、ピンク、濃いむらさき、オレンジなどに見える。黒に見えることもあるが、今まで黒いあじさいの花を見たことがないという記憶が邪魔をして、素直に黒と思わせない。

「その花は、ピンク？」
と聞くとガイドヘルパーは、
「いいえ、違います」
と答える。正直な人なのである。わたしの娘のような年齢だ。彼女が教えてくれる色とわたしの脳裡に浮かぶ色はだいぶ違うのだが、わたしはあまり気にしない。目から脳に入る光線の量によって、脳が色を識別するそうだが、わたしの目は正常に光を脳に伝えないのだろう。

わたしは色について眼科医と細かい話をしたことがないし、画家になりたいと思ったこともないので見える色がわたしの色である。あるいはその時々に、幻影を見ているのかもしれないが、美しい幻影を見ているのも悪くない。

散歩道の両脇に季節によってさまざまな幻影の花が咲く。

わたしは立ち止まって草花を凝視する。黄色は比較的見える色だが、黄色い花の「花言葉」はあまりいいものではないという。たとえば自尊心が強いとか、人を軽蔑するとか、侮蔑するとか、まあ「花言葉」の歴史や由来をわたしは知らないのだから、そうかなと適当に思うだけだが。

ただ、わたしは花の名前を知りたいと思う。この散歩道には花や樹木の名前を記した木札が立っていないらしいので、見える人に読んで教えてもらうわけにはいかない。目に苦労をしたことがない人は、わたしが花の名前を知りたいと思う気持ちは理解できないかもしれない。花の形も色も見えない者にとって、なぜ名前が必要だろうと思うかもしれない。

見えない者はなにか知りたい。わからないものは知りたい……とわたしはベンチに腰掛けてとりとめないことを考える。

いつもとりとめない不安が、わたしのこころに染みこんでくる。

わたしは都内の白羽（しろはね）団地の十二号棟に住んでいる。十号棟、十一号棟、十二号棟と、三つの棟が集まって小さな公園と散歩道を構成している。散歩道を半分行ったところに赤いポストが設置されている。

赤いポストはわたしのこころの中の大切な置物である。

わたしは目の悪化にともない、ひとり歩きが怖くなった。しかし、ポストまではひとりで行くと、こころに決めている。視覚障害者用の郵便物は切手が不要だから、ポストの入口へ落とせばよい。落ちたときポトンと音でもすれば、旅へ出た子どもの声を聞いたようにこころが安らぐ。

わたしにとって耳で聞く読書はかけがえのないものである。

デイジー図書は目の不自由な人々のためにカセットに代わるデジタル録音図書として開発されたものだ。長時間の録音が可能で、長編小説でも一冊分がまるまる録音される。専用の再生機械のプレクス・トークを使って簡単な操作で聞くことができる。

デイジー図書は、日本点字図書館やヘレン・ケラー協会から借りる。今は全国の図書館から聞きたいものを電話一本で取り寄せられる。

わたしは毎日何時間も本を読むというか聞いている。デイジー図書の貸借は無料で、往復の郵送代も無料である。医学などの専門書、世界文学全集、最近の話題作など、デイジー図書になるのは早い。視覚障害者と健常者が文化を受容するのに、あまり差がないように、陰で努力をしている人たちがいることをわたしは感じている。

視覚障害者の福祉は恵まれているのではないかと、わたしは感じているが、実際は自治体によってかなりの格差があるようだ。特に地方の福祉は中央に比べて遅れているかもしれない。わたしが他県や島に移ったら、かなりの不便を味わうだろう。

十号棟に民生委員のNさんが住んでいる。彼女はわたしのところへ週に一度安否確認に来てくれる。定期訪問だ。少しの時間だが、民生委員は守秘義務があり気兼ねなく話ができるから、わたしに彼女がくるのを楽しみに待っている。

民生委員の制度は古く、昭和二十年代に遡る。子どものころからなんとなく近隣の世話をするおばさんとして、わたしはその存在を聞き知っていた。遠縁のおばさんが何十年も民生委員の仕事をしていて、表彰されたという話を知っているからだろうか。地方自治体の非常勤の特別職というのがNさんたちの役職名である。

彼女はとてもやさしい。わたしの散歩コースを最初に一緒に腕を組んで歩いてくれたのも彼女だ。わたしからお願いしたのだが。

視覚障害者は一、二度経験すると身体や脳で道を覚える。初めてと、体験があるのでは大違いだ。

わたしは足許が見えなくなって、歩くのが急に怖くなったことがある。息子がたまにわたしの様子を見にくる。一緒に外を歩こうと言いだした。

腕につかまって歩道へ出た。

「ここは平坦な道で、前はぼくが見ているのだから危険はない。さっさと歩いても大丈夫だよ」

息子はわたしが強くつかまっている腕をほどいて、わたしをひとり歩きさせようとする。

「だめだめ、怖い」

わたしはよけい歩調を遅くして息子の腕を遠慮なく強く引っ張る。

「大丈夫だよ」

と息子はなおも言う。

「だめだめ、そんなに早く歩けない。信用してないわけではない。足許に大きな穴があるか、犬の死骸があるのかわからないのだから、怖いのよ」

わたしはへっぴり腰で息子の腕を後ろへ必死に引っ張る。外から見たら母と子が戯れているように見えるかもしれない。

「そのためにぼくがいるんじゃないか」

息子は不満である。しかし優秀なガイドヘルパーにはかなわない。わたしは東京都盲人福祉協会というところから歩行訓練も受けている。

息子はわたしの言葉をそれほど熱心に聞いていないのが、わたしにはわかる。こころの奥の濃い血のつながりも、表面は薄い血のつながりである。親子とはそのようなものだろう。

浪人中の孫が来た。

「毎日少しずつ見えなくなっているのよ」

小遣いを渡しながらこぼすと、孫は何も言わないで流しの食器などを洗ってくれていたが、家へ帰ると母親に言ったという。

「……それなら、おばあちゃんはもうとっくに見えなくなっているはずだよ」

たしかにそうだ。わたしは何年も前から、少しずつ見えなくなっているのよ、と言い続けている。


病院の視力検査のとき、どんなレンズをかけても一番上の大きな文字が読めなくなった。検査員がマルを書いた紙を持ってわたしに近づいてくる。丸の中の上が切れていますか？下が切れていますか？　それも見えなくなって検査員が指を出す。指は一本ですか？　二本ですか？　それも見えなくなって、検査員が手を振る。

「上下に振っていますか？　左右に手を振っていますか？」

その手も見えなくなった。だんだん、だんだん見えなくなる。

障害者手帳が一種一級になって、医者はわたしの視力検査をしなくなった。する必要がないからだろう。

信号は赤青だけでなくそのランプの設置してある場所がわからなくなる。いつ、目は悪化するのだろうか。数年の間に、数ヶ月の間に、ひと月の間に、一週間の間に……。

わたしには昨日より今日の方が見えない、朝より夜が見えないと感じるときがある。

しかし、今でもわたしの目はかすかに見えるともいえる。まったくの暗黒の世界ではないからだ。太陽光線も眩(まぶ)しい、蛍光灯も眩しい、白い世界が今は眼前に広がっている。かすかに明るさを保っている。うす暗がりを保っている。左目は見えなくなった。右目は色が消え、形が崩れ、物が薄くなっているが余命をわずかに保っている。

視野が欠けたところに物が入れば物は消える。わたしは盲学校へ行った人たちが白杖を持ってひとりで歩いていることも知っている。指先であの細かい点字をなぞって読める。人間の学習能力はなんと素晴らしいことなのだろう。七十代に入っての失明はすべてに適応が遅い、できない、とわたしは愚痴を言う。

いつも不思議に思うことは、わたしの網膜色素細胞が徐々に破壊され失われ、ものが見えなくなっていくのに、その作業が二十四時間の内、いつ行われているのだろうかということである。

夜眠っている間に網膜色素細胞は破壊されるのだろうか、昼の時間なのだろうか。

視界に映るはずの樹木、草花、人間、動物、山川、など森羅万象すべてが、わたしの目のせいではなく、それら自身、本体が色あせ、色彩を失い、形を崩していくのではないのだろうかと疑う。確実に青空も星も小鳥もわたしの前から姿を消した。一日一時間ではなく二十四時間消えている。

庭にたくさんの花を植え、四季それぞれに美しさを愛で、小鳥たちにエサをやり鳴き声を楽しんでいる心優しい人たちよ。色彩が見えない人もいることを、たまに想像してみてほしい。色のない花、色の見えない人間かどちらでも結構。他者の困難をたまに想像してみてください。

その日わたしは赤いポストまで郵便物を出しに行った。

ポストの帰り、どうしたことか道を一本間違えて、新しく出来た白い石の公園に入ってしまった。幼い子どもたちの声が聞こえたので間違ったことはすぐにわかった。わたしははじめ、ひとりで公園を抜け出そうと考えたが、すぐやめて、そばにあったベンチに腰掛けた。だれかやさしそうな人が来るのを、それがわかるかどうか自信がなかったが、とにかく待つことにした。

ひとりの男が来た。わたしは立ち上がらないで腰掛けたまま彼を見送った。二人目が来た。わたしは立ち上がった。

「道に迷ったので、すぐそこの公園の出口まで、連れて行ってくれませんか」と頼んだ。

「よくわからないから……」と彼はぶつぶつぶやいて行ってしまった。わたしは首を傾げてベンチに腰掛けた。彼が何をわからないのか、わからなかった。

暫く待つと若い男性らしい人が来た。

わたしは立ち上がった。

「すみません、そこの十二号棟の者ですが」

と同じことを頼んだ。彼は少し大きめの板のような物を肩に担いでいるらしい。わたしは亡夫の日曜大工をすぐに思い出した。夫も板を買いに行って担いで持ち帰ってトンテンカンと何かと作ったものだ。

若い男は気軽に、いいですよ、と応えた。

そして、ちょっと待ってください、と言って持っているものを持ち替えてわたしに片腕を差し出した。

「こちら側でいいですか?」

「はい、すみません」

わたしは嬉々として従った。

彼は公園の出口を出て、ひとつ道を隔たった十二号棟の入口までついてきてくれた。

「ありがとうございました。何かお荷物を持っていらっしゃるのにすみませんでした」

わたしは彼の腕を放して腰をかがめて礼を言った。

彼は荷物を抱き上げて、

「子どもですよ」

と言った。わたしは驚いてその場所を見上げた。なるほど、彼の肩の上の方には白い幼児の顔がある。わたしを賢そうな大きな目でじっと見下ろしている。一言も物を言わない。

わたしは棚を作る板と子どもをどうして見間違えたのだろう。子どもは声をだささなかったけど今まではそれは板であった。今は愛くるしい幼児の顔になっている。

不思議だが今のわたしの脳裡には間違いなく幼児がいる。幼児が見える。

わたしは声を上げた。

「まあ、間違えてごめんなさい……」

子どもは父親とわたしの会話に一言も声をださなかった。幼い子どもを緊張させるものがわたしにあったのだろうか。若い父親はわたしの間違いに冗談ひとつ言わずにまじめそのものであった。

視覚障害者の変な間違い、勘違いには笑いは出ないものであろうか。

彼らは視覚障害者に話しかけることをためらう。遠慮するような態度を取る。なぜであろうか。

若い父親と別れてエレベーターに乗ると、わたしは子どもと棚板を間違えた自分がおかしくてひとりでクスンと笑ってしまった。夫が生前、孫が水道の蛇口に手が届かないので板を買ってきて小さな踏み台を作った。踏み台は素人大工なのでうまく平行にできなくて、孫が乗るとカタンと音を立てた……。おかしかった。

ドアを開けて部屋へ入る前にわたしはまたクスンと笑った。

どうして子どものことが棚を作る板に思えたのか。まさに見えたのではなく思えたのだ。若い父親が子どもを縦に抱いていたので、むかしの記憶が顔を板に見せたのだろう。咄嗟の記憶で、眼前のものが違うものに見える不思議さ。何万という記憶のパーツから、わたしでございますよ、と他を押しのけて前に飛び出してくる記憶のパーツの素早さ……。

近所のスーパーMへ行く道の端にあるベンチに腰掛けていた。わたしがこれより先へひとりで進むことはない。

そのスーパーMが開店したばかりの数年前、わたしは時たまひとりで買物へ行っていた。今より目は少しは見えた。白杖を右手にかごを左腕に、わたしは店内の狭い通路の右端をそろそろと歩いていた。わたしは左目が見えない。右目の方へ食品の棚や通る人をおくようにして店内を歩いた。それに真ん中より片側の方が安全に思えたからだ。

わたしは店内を全神経を使って歩いていた。わたしは一度も商品を棚から落としたことはなかった。しかし、白い上着を着た店員が近づいてきて言った。

「もっと、通路の真ん中を歩いてください」

「…………」

わたしは何か返事をしかけたのだが、店員は会話をしようとしないでさっさと行ってしまった。わたしには呼び止めることはできなかった。彼の去った方向がよくわからなかったから。それにたぶん彼は真ん中の方が常識的に安全と判断したのだろう。自分の考えを正しいとしてわたしに言葉を押しつけたのだろう。わたしに反論するすきを与えないで。

わたしは牛乳を一本だけ買って、縮こまってレジを出た。何か悪いことをして、指摘されたような気持ちだった。

なんでもないような些細なことが気になった。

それ以来、ひとりでそのスーパーへ買物へ行くことはやめた。その後はガイドヘルパーか訪れてきた家族と一緒である。

そのスーパーMは自宅から近く便利だったのだが、店員から受けたこころの傷はなかなか消えないでいた。それでもだんだんわたしの中でこだわりは薄れていく。しかし、認知症にでもならない限り忘れ去ることはないかもしれない。

目の悪いわたしにとって認知症は最大の敵であると思っている。なぜならわたしたち視覚障害者は記憶でものの位置を覚える。脳でものを覚える。認知症になって記憶力をなくすのは怖い。

視覚を補うものは脳である。聴覚であり、嗅覚であり、触覚である。


ベンチに腰掛けているとおばあさんがわたしの前で立ち止まった。何か言ったが聞き取れなかったので、よかったらどうぞ、とわたしは右隣のベンチを手で示した。彼女は遠慮がなかった。腰掛けるとすぐに自分のことを話し始めた。互いに初対面のはずである。

ひとり暮らしであること、一度も結婚をしなかったので子どもはいない。兄がひとりいたが病気で亡くなった。長いこと入院していたので兄を病院へ度々見舞って看病した、などと語った。

「あたし、小さな会社だけど定年まで働いたので年金を少しだがもらっている。だけど最近、からだがだるく掃除などしたくない。食べることがやっと」

わたしは聞いた。

「介護ヘルパーを頼んだら。手続きはしたの？」

「ええ、何回か来てもらったけど、あのくらいのことならあたしでもできる。月にまとめるとけっこうお金がかかるからヘルパーは断ったの」

わたしは返事のしようがなかった。黙っていると彼女は別のことを言い出した。

「たったひとり身内がいるの。姪で、お金を貸してくれって……」

これからが、見も知らないわたしに話したいことの本番らしかった。

「先日、貸したお金を返さないで今朝きて、また貸してくれって。断ったら姪は怒って、部屋を掻き回して帰って行った。四十になるの。男と同棲しているみたい。また来ると思うわ。どうしようかしら」

わたしは黙って聞いていた。空を見上げたけれど青い空はわたしには見えなかった。ただ薄い灰色が広がっているだけだった。清々しい空気はどこにあるのだろう。

「姪は叔母さんが死んだら、叔母さんの物はみんなあたしの物だって言うのよ」

と彼女はしゃがれた声で言った。

「奥さん、週に一回でもきちんとしたヘルパーに入ってもらった方がいいわ。姪御さんも勝手なことができなくなると思うわ」

風がひとすじ彼女の方から吹いてきた。汗の臭い、清潔ではないにおいを乗せていた。

「お身体は大丈夫なの？」

「勤めていたころの病院へ行っている」

わたしは白杖を手に立ち上がった。

「民生委員に相談してみるといいわ。あの人たちは力になってくれると思うわ。ヒミツは守ってくれるわ。気をつけてね」

わたしは折りたたんでいた白杖を手で伸ばした。彼女は立ち上がった。わたしはふと、彼女がわたしの目が悪いことに気が付かなかったのではないかと思った。

気が付いていたらそのような話をしたかどうか、とふと思った。

彼女は挨拶もなしに立ち去った。

半年かもう少し過ぎたころ、彼女が養護老人ホームへ入ったと風の便りに聞いた。どの号棟に住んでいるのか名前も知らない人だったが、彼女だとわかった。噂では心配ごとが急に増えて認知症が進行していったという。

ホームは住み慣れたところから遠いところであった。千葉県の県境の地名を聞いたが、わたしは覚えていない。肉親は姪ひとりということだったから、その姪が金をせびりに行くのだろう。僅かな金でも肉親を呼び寄せる甘い蜜になるのかもしれない。

老人ホームが山から清々しい風が吹いてくるところに建っていればいいと思った。そこは彼女の終焉（しゅうえん）の地となるだろう。

今年は五月に真夏の暑さが続いた。自然界も人間社会も異常なできごとが続き、異常が異常ではなくなりつつあるようだ。

わたしは異常なニュースをラジオで聞くと、ただ自分の無力さを感じて落ち込んでいく。親が虐待して子どもを殺す、学校内でいじめが起こり自殺する少年が出る。老朽化した老人ホームの失火による焼死などなど。

巨大な社会を前に、無力なのが当たり前なのに、それは十分自覚しているはずなのに。それでも、おバカなわたしは落ち込んでいく。こんなわたしでも何かできることはないだろうか、何か役に立たないものだろうか。

そのようなことを考えるより、自分が人の迷惑にならないように生きなさい、という声が、耳許に聞こえてこないこともないが、それには大きな声でわたしは答えたい。

「望んで視覚障害者になったわけではない。言うまでもなく、神の罰ではない。誉(ほまれ)と言いたい」

わたしは若いときに聞いた「低点」という言葉を忘れられない。

当時、丸ノ内線の茗荷谷(みょうがだに)駅近くに東京都の「社会事業学校」というのがあった。その学校の生徒の平均年齢は、わたしが入学した年度は三十六歳くらいであったように思う。わたしは四十代半ばであった。作文の入学試験があり、九時から四時半までの授業があり、期末テストもあった。授業は福祉六法が主で体育などもあり、盛りだくさんであった。学費は日本一安いと言われていたようだ。支払う金額は何百円という単位であった。

慶應大学を中退してここへ来たという娘さんがいて、わたしたち年配者は大学を卒業してからくればよかったのにと話した。本人は一日でも早く現場の仕事が知りたいと言っていた。

当時は社会福祉と言わないで、社会事業と言っていただろうか。介護保険制度ができていない時代であったように思う。みな熱心で授業の先生方は大学の講師や現場のベテランの役人などが多かった。

その課外授業で館山のある施設を見学に行った。今はその場所はなくなっているだろう。

施設の人はわたしたちを案内しながら説明した。

「ここに住んでいる人たちは低点で生きてきた女性たちです。底辺ではありません。低点です。日本の敗戦後、国はもとより親兄弟、親戚などにも見放されて、頼る人もなく、自分の身体ひとつで占領軍の兵士たちを相手に生き延びてきた人たちです。身も心もぼろぼろになってひとりで生きてきた人たちです。今ここへたどり着いて彼女たちはようやく安住の地を見つけたのです。ここでは健康な人はあまりいません。身体が丈夫でも精神が病んでいます。それでも生き延びてここまできたのです」

わたしたちは言葉もなく案内人に従った。入居者の影は見えない。わたしたちは主に建物の外を見学した。山を切り落としたようなところには風穴があった。

白いコンクリートでできた野外の礼拝堂もあった。入口には清楚なマリア像が祈りを捧げて立っていた。

「この奥に墓があります。ここの人たちは、外の社会と接触がありません。入居するときみな、身よりなし、と書いています。死んでも知らせる方法がありません。一度、手を尽くして身内を探して連絡しましたが骨を引き取りにきませんでした。その人は死んだ彼女が米兵にもらった缶詰をあげた身内ということでしたが、今では関わり合いになりたくないようでした。

それで、ここで死んだ人たちがみんな入れる墓を作りました。

戦争で恥辱と悲しみの人生を送った人たちに、海の見える場所で静かに眠ってもらいたいと思います」

案内人は眼下遙かに見える海を手で示した。

「海を見て、こころの平安を、戦争のない世の中を、彼女たちはだれにも知られずただひとりで祈り続けているでしょう」

案内人は作り物ではない涙を手でぬぐった。わたしたちもこころの中で彼女たちの祈りを祈った。

その学校の課外活動で、もうひとつ強くわたしの印象に残っていることがある。

わたしは希望して都内の児童相談所へ一週間くらい通った。上野で電車を乗り換えて行った。朝九時までに相談所へ入った。

ある日、そこで施設に入る少年を職員と見送った。少年は駐車中の車の中から金品を盗んだという。常習らしい。職員の話では家は集合住宅で狭い玄関にカップラーメンの空き箱が散乱していたという。祖母がいても貧しく、母親も貧しく、わたしは貧困は二代三代と引き継がれるものだとつくづく思った。

施設に同行する母親が薄汚れた服装で現れた。彼女は歳より十歳も老けて見えた。前かがみで歩き、痩せていた。少年の入所のための書類を職員が代筆して書いた。職員は静かに言った。

「お母さんは今まで、文字を習う機会がなかったんですよ。名前だけ、ようやくなんとか書けるようになりました。お母さんもこれから勉強しましょう」

お母さんは無言であったが、わたしは胸を衝かれた。彼女を目の前にして、感動のあまり身震いした。「識字率」という言葉を新聞などで知っていたがそれは頭だけの知識であった。

少年と母親は無言で無表情で前後に歩いた。当分の間、離れて暮らす涙はなかった。だが二人の身体から悲しみと不安と愛情が矢のように相互に出て、相手に突き刺さっているのがわかった。

児童相談所で問題を起こした少年たちの成績表のコピーを少しだけ見る機会があって驚いた。5点法の表の中で1がほとんどで2がひとつふたつある。3がひとつあればいい方であった。

この成績をこのままにして、年月が経てば義務教育の子どもたちは上に進級させられ、卒業させられてしまうのだろうか。小学校・中学校それぞれの勉強の中味を何とか先生方に入れてもらえないのだろうか。いじめや不良行為とその「中味」があるかないかが、無関係とは思えない……。わたしのこの体験は昭和五十年代半ばごろのことである。

その日は珍しく五月本来の季節が戻っていた。わたしは時々、頬に触れる風と戯れるような気分で、足許に神経を注いで歩いていた。

この住宅公団の団地の歩道は白杖の先にやさしくない。杖の先が小石につっかかったり、道路の小さな穴に落ちたりする。その度に右の手の平にがくんと衝撃が伝わってきて痛い。

わたしは日本点字図書館のデイジー図書の入ったケースを持って歩いていた。

優しい細い声が近づいてきた。

「奥さま……」

何を言われたのかすぐ気が付かなかったので、わたしは立ち止まった。

「奥さま、この犬は吠えないし、かみつきませんのよ。知らない人でも大丈夫ですわ」

わたしは犬がそばにいるのに気が付かなかった。彼女は小犬を抱き上げてわたしの顔のそばへ持ってきた。

「ほらネ」

「犬、いるの気が付きませんでした。白杖を棒切れと思ってかみついてこないかしら」

わたしは杖を持ち上げた。わたしは犬猫は好きだがそれは自分が飼っているものたちだけで、よその犬は怖い。

「いいえ、大丈夫ですわ。絶対に……」

彼女は屈んで犬を下へおいた。

「奥さま、何年生まれ？」

突然、見知らぬ人に年齢を聞かれて戸惑ったが正直に応えていた。

「昭和十三年生まれです」

彼女は、そう、とうなずいて、

「わたくしの母は六年生まれでした」

と言って、わたしと母親をこころの中で見比べている様子をした。

「わたくし、母の看病をするために介護士の資格を取りましたのよ」

犬はおとなしく足許の雑草を嗅ぎ回っているようだった。彼女は、突然話題を変えた。

「わたくし、デザイナーですの。外国へも仕事で何度も行っていました。オランダ、ベルギーなど」

その言い方は今も現職のデザイナーであると言っているようであった。わたしは今、自分が着ている何の心配りもしていない普段着をちらっと思い浮かべた。

デザイナーの目から見ればわたしは粗末なものを着ているだろう。

しかし、彼女はまた話題を変えた。

「わたくし孫が四人いますのよ」

わたしは自分の孫の数を言おうと思った。あら、わたしの方が多いですわ、と。だが彼女は、

「そこにベンチがあります。そこへ座って少しお話ししませんこと。すぐそこですわ」

わたしは少し笑った。わたしたちは子犬を挟んでベンチに腰掛けた。ベンチは陽光に透か

し見ると、オレンジ色に塗られているようであった。

「オレンジ色」

「ええ、オレンジ、赤と黄色を混ぜるとオレンジですわ」

小型の犬はなるほどおとなしかった。ふさふさした灰色の毛である。わたしの方を向き女主人の方を向き、三人でおしゃべりしている気分のようであった。

「あの、お生まれはどこですか？」

「東京です」

「まあ、東京の？」

彼女はわたしの顔をのぞき込むようにして尋ねた。

「新宿区」

「まあ、わたくしも。わたしはすぐ目黒に越しました」

彼女は生まれた町名を言ったがわたしは知らないところだった。

彼女はわたしのかけている遮光レンズのメガネをデザインがいいと褒めた。わたしはこれはまぶしさを防ぐ遮光レンズであること、光線を五〇パーセントカットしていることを話した。それから犬の歳を尋ねた。彼女は六歳と五ヶ月と答えてから、たぶん犬の名前だろうか、わたしのわからない言語でやさしく犬の耳元に囁(ささや)いた。それは、ねえ、なになにちゃん、こちらの奥さまがあなたの歳をお聞きになったのよ、と教えているようであった。

そして犬を抱えて立ち上がりながら言った。

「お歳を召してから目がご不自由になって、さぞご不便でございましょう」

わたしがポストまで行くと言うと、ご一緒に参りましょう、と答えた。わたしは彼女の右腕にそっとつかまりながらポストへ行き、また一緒に同じところへ戻ってきた。

すると彼女はゆっくりと静かにまた同じことを言った。

「お歳を召してから目がご不自由になって、さぞご不便でございましょう」

わたしは十二号棟のエントランスへ戻ろうとしていた。彼女は犬を抱いたまま、わたしと向かいあって再び同じことを言った。

囁くような声であった。

「お歳を召してから目がご不自由になって、さぞご不便でございましょう」

その言葉は三度目でわたしのこころの中へようやく染みこんだ。

十二号棟のエントランスのところへ来た。ガラスの自動ドアが開いた。

「お話しができて、とてもたのしゅうございましたわ」

彼女は犬を抱いたまま、わたしの手を両手で強く握った。

「そのあたりでお目にかかったときはお声をかけてくださいね」

とわたしは言った。

「もちろん」

彼女は力強く応えた。エントランスの中へ消えて行くわたしを見送っている様子であった。

わたしはチェーホフの『犬を連れた奥さん』という秀逸な小説を思い出していた。目が良いときは文字で読んで、目が悪くなってからはデイジー図書でも聞いていた。

それから彼女の右腕に軽くつかまったときのコートの手触りを思い出していた。サテン地だろうか、色は紺に近い濃い緑色、あるいは玉虫色……。犬を飼っているのならこの団地の住民ではない。ここはペットを飼育することは禁止になっているはずだ。将来、子犬や子猫を知らない若者が育っていくかもしれない。

彼女とまたいつか逢えるだろうか。そのときは互いに名前を名乗ることだろう。逢えなかった時間が楽しくプラスされることだろう……。

わたしは玄関ドアに鍵をかけ、風に軽く包まれて散歩にでた。小さいポシェットに鍵と携帯電話を入れる。白杖を頼りにオレンジ色のベンチの傍まで来た。ベンチに手で触れて確認して腰掛ける。わたしは非常に用心深い。椅子のないところに腰掛けようとしておしりを落としそうになった経験があるからだ。

まだ目が悪くなってから、一度も転んだことがない。

今までは、運よく切り抜けている。

風が止まったようだ。あたりに誰もいない。

ひとりである。

誰も通らない。自転車に乗った人も徒歩の人も通らない。地面に吸い込まれたように、音が聞こえないので、ゆったりとした風景が広がっているのがわかる。

ふと、こころの中に少女時代に歌った叙情歌が浮かぶ。ローレライ、庭の千草、頭の底に曲も歌詞も流れるのに、現実のわたしの唇には歌が生まれてこない。

目の悪いおばあさんがもし陣痛の苦しみをもって唇に歌を産み出したとしたら、どんな歌が出てくるだろう。音痴という劣等感が長い間染みついているわたしは、声を張り上げて歌うことができない。愚か者だと自分を思う。ベートーヴェンやモーツァルトの偉大な曲の断片が頭にイメージされるのだが、わたしの身体のどの部分を使っても、ほんの微細なものでも、わたしは表現できない。

世界的なバイオリン奏者の和波（わなみ）たかよしさんの演奏を紀尾井ホールへ聴きに行った。演奏中もそうであったが帰宅しても彼のバイオリンの音はわたしのこころの中に鳴り響き、至福のときをもたらしてくれた。全部の演奏が終わったとき、和波さんは舞台上で次のようなことを語った。

母親が二年前に亡くなったこと、自分は今年七十歳になったこと、今回はその記念のコンサートであること、今後も場所を得て、演奏活動を続けていきたいこと。そして、

彼はここで言葉を切って、次のようなことを語った。わたしのこころは彼の言葉にとても緊張してきて、あるいは聴き違いではないかという不安があるのだが。

「生まれてから一度も色のある風景を見たことがないので、一度だけ色彩のある風景を見てみたいと、最近考えるようになったのだが、どうだろう?」

わたしは彼の音楽とともに、彼の言葉が胸に悲しみと苦痛をもって染みこんだ。あるいは彼の七十歳という年齢が、今まで思わなかったこと、諦めていたことを彼に言わせたのかもしれない。

もし見えたら、見えることなどあるはずがないのだが、もし見えたら、見えたら……、見ることとの恐ろしさ、見たものを失うことの恐ろしさ……。

そのこころがわたしに直に伝わってくるようだった。七十年間、色のない風景が当たり前で過ごしてきたのだ。見ることをためらい、逡巡して、結局、彼は見るだろう。

その奇跡はたった一度で閉ざされる。再び、断腸の思いで渇望しても色のある風景は見ることができない。一度も見なかったときより見たいと彼は思うだろう。どうしても願いが適わないとき、一度も見なかった方がかえってよかったのではないか、と見たことを悔いるかもしれない。いっそ知らなければよかったと思うだろう。

だが、歳月が経ったとき、彼の脳裡に記憶が残り、色は細分化してたくさんのパーツが生まれ、彼のバイオリンの音（ね）にも色がなんらかの影響をあたえるかもしれない。

和波さんは人間的にも素晴らしい人である。演奏会当日、美智子皇后と小澤征爾がそっと来ていたという。そしてわたしのこころの中に彼の言葉ががっちりと組み込まれた。

「もし一度だけでも、色のある風景が見えたらどうだろう」

不安と期待のつぶやきの言葉。この言葉がわたしのこころに組み込まれた。彼の「言葉」を母親のように抱きしめたい。

彼の母親は普通の母親ではない。幼児の彼をバイオリン教室へ通わせ、クラシックの楽譜を点字に訳した。彼が独立して手が離れると視覚障害者のためのボランティア活動をした。母と子の強い結びつきをわたしは想像する。母親を亡くしたことで、彼はどんなに悲しい思いを抱えていることだろう。だが死は必ず順番にやってくる。避けることはできない。

オレンジ色の風が柔らかく吹いている。足許に雑草が生えているようだ。記憶のパーツが飛び出してくる。

永年住んだ前の家の庭だ。庭に雑草が生えていて、トカゲの一種であるカナヘビがいた。飼い猫のゆきはカナヘビを捕まえるのが趣味であった。一時間も二時間も同じ場所でじっとしてカナヘビの出てくるのを待っている。その忍耐強さには驚く。素早く捕まえると、わたしに見せるため家の中へ持ち込んで、家の中でカナヘビをもてあそぶ。

カナヘビは危険を感じるとしっぽを胴体から切り離す。切り離されたしっぽはしばらく動いている。やがて切り離した後に新しいしっぽが生えてくる。カナヘビはしっぽを切り捨てて、本体の一番大切なところは守るのだ。わたしもしっぽを切り捨てて大切なものを守らなくてはならない。

カナヘビは夜になると鳴くのだと、知人から聞いたのを思い出した。彼女は鳴き声を外国のホテルの大きな庭にある池で聞いたという。カナヘビの鳴き声は悲しげだという。

その話を聞いたときわたしも外国へ行って鳴き声を聞きたいと思っていたが、今はきっぱりと、そのような望みは捨てた。カナヘビの姿を醜いと思えば悲しげな鳴き声に惹かれる。醜いと思わなければその鳴き声は個性である。

以前使用していたパスポートが切れていたので、二年ほど前に五年間有効のパスポートを作った。使うことはないだろうと思ったが手元に欲しかった。夢を入れておく白いスーツケースも買った。

パスポートは身分証明書に使おうかと思ったが身分証明書になるものはたくさんあって余分にいらない。書類入れにしまった。外国へ行くときはいつでも使える。

パスポートは持っている。不要品だが持っている。飛行機の小窓から眼下に雲を眺める夢のために。

みどりの風がわたしを包む。わたしはベンチでとりとめなく物を想う。とりとめない物想いがわたしは好きなのだ。年月も国境も越える。

飯田橋のT病院のN先生の笑顔が浮かんだ。もう十年以上通院している。

今はお顔が見えないのだが、先生はチョビ髭を生やしていた。穏やかな人なつこい笑顔が脳裡に浮かぶ。患者に安心感を与える良いお医者様だ。万一、脳の手術をすることが起きたら、先生にお願いしますね、とわたしは頼んである。ひとつの安心、大いなる安心……。

時の流れる音が静かに聞こえる。色のない風が吹き始めた。

小さな箱のような乾燥した我が家へ戻らなくてはならない。薄暮の中でわたしはひとりで歩くのが怖い。その団地に知人はできなかったが、ただひとり、わたしより十歳年上のKさんが例外の友だちだ。

時たま電話やメールで話をする。わたしのところへ珍しい食べ物を持ってきてくれる。手作りのお稲荷さんをもらったこともある。いつまでもその丸みのある優しい味を忘れない。ただ彼女はだれともお付き合いをしない。芯がとても強い人だと思ってわたしは彼女を尊敬している。三年前、公団に越してきて初対面のときから好きになった。

彼女はわたしに言ったことがある。

「子どもが二人いますけど、わたし、子どもはいませんって人に言いますの。いないと思ってしっかり生きていきますわ」

なんと悲しくも強いのだろうとわたしは思った。

わたしは生きていくことに執着はない。ここまで来たのだからもういいと思っている。夫の享年を無事に越した。母は四十七歳で亡くなったのだが、その歳を超えるとき、わたしは母の歳を随分意識した。結核菌に冒されて、母は高校生のわたしに言ったことがある。

「自殺したいけど、新聞に出たらおまえたち子どもに迷惑がかかるからやめる」

母は不幸のまま亡くなった。今その不幸の中味を考える……。母は弟の夏彦の名前を呼び、それから水、水と、水をほしがり苦しみ抜いて息を引き取った。母の不幸の元は肺結核であろう。

失明がわたしの不幸の元かというとそうでもない。しかし正直言うとそうかもしれない。ただ、わたしに「不幸」感にあまりない。だが、それはうそかもしれない。

わたしが不幸を感じるときは肉親や世間からうち捨てられたと感じるときである。案外幸せなんだと思うときは、肉親の愛情を感じるときである。そう、わたしがそのような感慨を持つようになったのは歳をとったからであろう。


人の一生はその晩年が一番大切なのだろう。しかし、晩年はその人の責任で維持されるわけではないと思う。

最近わたしは何かするとき、これが最後かもしれないと思うようになった。見納め、仕納め、と思うようである。

それこそほんとうにこれが最後と思って、お茶の水の東京医科歯科大附属の眼科へ行くことにした。長女が付き添ってくれた。今の地元の眼科医へ行く前はそこへ通っていた。担当のO先生もそのままいらして教授に出世されていた。

「どうなさっていらっしゃるかと思っていました」

と穏やかな声でO先生に言われて、こころが落ち着いた。

髪を後ろに束ねた先生はむかしと変わらない若々しい雰囲気だった。

眼底をひらいて目の奥に光線をあてながら、先生は小さな声で医学用語をつぶやく。後ろに医学生が控えていてメモをとっているようだ。学生は邪魔にならないようにすぐに姿を消したと長女から聞いた。

元々わたしをO先生へ紹介してくれた人が、少しでもあなたの目が医学の進歩に役に立てばいいでしょうと言った。わたしもそれを承知してここへきたのである。もう二十年も前のことである。網膜色素変性症の診断がくだされる前だろう。自分が研究材料になって医学が進歩するのなら、その手助けができるのならわたしは本望であった。わたしの目は特異の方に入るから医学生の役に立つだろう。

最後の診察の結論はO先生から比較的待たされずに知らされた。今更いろいろ検査する必要がないからだ。

O先生の冷静な結論の言葉は長女にはだいぶ応えたようだ。わたしは診察の仕方も結果の言葉もみんな予想がついていたから、そしてその通りであったから、悲しみ苦しみは深く胸に沈んでいって表面は傷がつかなかったようだ。平静を装えた。

一、治療の方法がないこと。

二、病状はここで止まらないこと。まだ悪化していくこと。

三、再生医療、iPS細胞については、一部のマスコミで騒がれたが、現実の治療方法としては、まだ時期尚早であること。お歳でもあるし……。
O先生のはっきりとした説明に長女の胸にご託宣のように聞こえたのではないかと思った。娘は涙を目に溢れさせた。わたしにそれが見えたわけではないが母と子は互いの悲しみがわかる。

わたしのような病を持つ母親がいて、子どもたちは気の毒だと思う。わたしがこうあったことで、子どもたちは何かを学び取ってくれたらとわたしはいつも願っている。長女は我がことのようにショックを受けていた。しかし、この娘の涙がわたしのこころに「愛の泉」のようなものをもたらしてくれた。


散歩道のオレンジ色のベンチに腰掛けていた。周りに黒い風が吹いているようだ。しかし、わたしのこころが暗くなる前に黒い風は消えて行った。一瞬、わたしのこころに娘のこころが入ってきて、慰めをくれたのだ。

色も形も見えないけれど、傍らの花が開く音を聞いたような気がした。それは、間違いなく美しい色の花が静かに開く音であったろう。

魂よ　われに戻れ

一

わたしは学校の門をひとり出た。

もう授業は終わっていて、クラブ活動の生徒たちが校庭で大声を出して走り回っていた。少し遠回りだが小さな公園のそばを通って帰宅しようと考えていた。校門を出るとき急いではいなかったが、学友たちから声をかけられることもなかったし、自分から声をかけようとも思わなかった。この校舎の中にわたしの興味を引くものは何もなかったのだ。一、二の友人をおいては。

わたしは高校一年生であった。


小さな公園は子どもたちに「カブト虫公園」とも呼ばれていた。公園の片隅に、ナラ、クヌギなどが数本立つ狭い雑木林があった。夏になるとそのあたりでカブト虫が捕れた。

わたしが到着したとき、小さな公園に子どもたちの声はなかった。

長い鎖のぶら下がったブランコに少年がひとりぽつんと腰掛けて足をぶらぶらさせていた。ブランコに立ち、少年らしく、勢いよくからだを半円に空中に放り上げるのでもなく、腰掛けたまま両足を高くあげて、身を後ろに反らせて後ろ頭を地面すれすれに持っていくのでもなく、彼はただ風に身を任せたままの動きでブランコに揺れていた。

わたしは立ち止まって無言で彼を見やった。

近眼のわたしは数メートルも離れた人の目の中をのぞき見ることはできない。ただ、わたしは想像し、そして直感した。

彼の目の中には優しい悲しそうな色が漂っているはずである。そして真っ赤な夕焼け雲が映し出されている。その赤色の奥に彼の母親の顔が大きく浮かんでいるのだろう。事実、絶えず母親は彼の中にいた。


少年は小学校二年生のとき、突然母親から引き離された。大人は残酷だ。こころにゆとりがなかった。彼に説明をしなかった。彼に母親が肺結核という病気で、それは伝染することも教えなかった。母親がどの地方の療養所へ入ったかも教えなかった。ただ、病気が治るまで母親に会えない、と怖い顔をして告げられただけであった。

「病気はうつるのよ」

彼は事態が飲み込めなかったし、もっと優しく説明して欲しかったが、彼の特徴である小さな声で尋ねることさえできなかった。ただ泣きたいのを我慢するのが精一杯であった。父親に男の子は泣くものではないといつも言われていた。彼は泣き虫で小学校へ入学したときも母親から少しでも離れると不安で、すぐべそをかいていた。少年の名は夏彦であった。

母親の入院が決まってから、一番上の姉がよく泣いたりわめいたりした。夏彦は驚いていよいよ貝のように口を閉ざした。自分の世界に閉じこもった。姉は中学生になっていた。思春期になり始めた彼女は母親の急な発病に、妹やおとうとを気遣う気持ちを失わせていた。

母が入院して三ヶ月ほど経った春の日の夕方、夏彦は子猫を四匹拾ってきた。セーターの両腕に抱えている。

生まれたばかりの子猫でまだ目が開いていない。ただミイミイ鳴いているので生きていることはわかった。母猫がそばにいないというだけで夏彦の胸は憐憫(れんびん)のために痛んだ。その日の夕方も夏彦は無意識に母親を求める気持ちで、家の近くの路地に立っていた。道の遠くから、「ただいま、なっちゃん」と、母が笑顔で現れないか、待っていた。

すると、知らないおばさんが夏彦を追い抜いて小道の雑草の中へ何かを置いて、足早に去って行った。夏彦はなんだろうと思ってそばへ行った。生まれたばかりの子猫が蠢(うごめ)いていた。彼はおばさんが戻ってくるかと思って、生まれたばかりの子猫を守る気持ちでだいぶそこに立っていた。おばさんはいくら待っても戻らなかった。彼はこわごわ子猫を腕の中へのせた。だれも見ている人はいなかった。

「なっちゃん、おかあさん猫がいなくちゃ育たないよ」

とわたしは言った。姉は言った。

「夏彦、汚いから捨ててきて」

夏彦は弱々しい微笑を浮かべたが、姉の言葉を無視した。ちらっと強情そうな表情が浮かんで消えた。宝物を鬼から守るように自分の身体で子猫をかばった。

そして味噌汁や水を指先でなめさせていた。猫を拾ってきてからずっとつききりであった。夜は布団の足許の方においた。

夏彦を挟んでわたしと父が寝ていた。

早朝にわたしは目を覚まして子猫を探した。夏彦は昨夜遅くまで猫をいじっていたので、今はよく眠っていた。外は白みかけていた。布団の端を持ち上げると猫は一、二、三匹とすぐ見つかった。みんな、それぞれ小さな口からわずかな泡を出して死んでいた。もう一匹を探した。夏彦の腕の下で死んでいた。

わたしは古新聞に子猫をのせ、そっと裏庭へ出た。空はまだ暗かったが東の方には一条の光が見えた。小鳥たちがさえずりを始めている。

彼らは歌っていた。

「目を覚ませ。やさしいこころで目を覚ませ、やがて喜びが……」

わたしは雑草の横を小さなシャベルで掘って子猫たちを埋めた。ちょっとだけ両手を合わせて急いで家の中へ戻った。

朝露ほどの小さな命が消えた。

目を覚ました夏彦は猫がいないと泣き出した。わたしは言った。

「朝早くお母さん猫が外で呼んでいたから、出ていったんだよ。お母さんと一緒にいる方がいいでしょう」

そばから姉が言った。

「あけびは嘘を言っている。あたし夜中、お便所行ったとき猫が死んでいるの見たよ」

「お姉ちゃん、そんなはずないわ。寝ぼけていたのよ」

わたしはそのとき、姉を憎んだ。嘘つきはわたしで姉は本当のことを言っているので、余計憎く思った。

大人は、おとうとが泣かないでおとなしくしており、勉強しさえすればそれでよかった。母親のことが心配で、こころが破れそうな彼に言った。

「心配することはないのよ。あんたがおとなしくして勉強していれば、お母さんの病気は早く治るからね」

彼は返事をしなかった。それは彼の求めている言葉ではなかった。彼は返事をしないで周囲の大人たちに無言のSOSを発信していた。じっと見回し、応えを求めたが、みな忙しそうで彼の方を向かなかった。

母の愛は幼い夏彦に忌まわしい病気がうつることを怖れるあまり、夏彦に冷淡だった。

夏彦は小学三、四年生になるころには大きな目から甘えの色、無邪気な色が消え、おどおどとした不安と悲しみの色が溢れはじめた。反抗の色はなかった。気の弱い優しい色が沈んでいた。

そしておとなしい無口な少年として育っていった。


小さな公園で、わたしは数分の間、おとうとを眺めてそのまま立ち去ろうとした。彼は少し慌ててブランコから離れ、頼りない声でわたしを呼んだ。

「あけびねえちゃん……」

わたしはおとうとの方を振り返らなかった。持っていた手さげ鞄を高く放り上げて、受け取り損ない、雑草の上に落とした。わたしは声を出して笑い鞄を拾って走った。おとうとの小さな笑い声が背中についてきた。

「くっく、くっく」

わたしは前を向いたまま、おとうとの笑顔を脳裡に浮かべて走った。

「おねえちゃん、待って待って、用事がある……」

夏彦はわたしより四歳年下で小学校の六年生になっていた。面長で目が大きく、手足がすらりとしていた。痩せていたが病弱ではなかった。二級生になってからは夏休みに金沢文庫の叔母の家へ預けられていた。海でからだを鍛えるためである。年下の従兄弟たちがいた。叔母が作る食事は家よりずっと栄養があった。

また、数は少なかったが友だちもいた。学問は平等だというのが父の口癖で、夏彦の成績はクラスの上位にいたようだ。いつもアイロンをかけたことのない服を着ていた。ただ昭和三十年のころ、庶民の子どもはみんな似たり寄ったりの貧しい服装をしていて、母のいない家庭の子どもが特にみすぼらしいからと目立つこともなかった。


家へ着くと玄関の鍵が開いていた。わたしはとがめる目で夏彦を見た。彼は首を振って小さな声で言った。

「違うんだよ。ぼくが学校から帰っていると伯母ちゃんがきた」

夏彦は机の上を散らかして目覚まし時計を分解していた。玄関の引き戸が静かに開いて、

「こんにちは」

と言う女の人の声がした。彼は咄嗟に母親だと思って作業を放り出して玄関に飛び出し

た。そこには知らないおばさんが立っていた。

彼女は夏彦に笑顔をむけて部屋へ上がってきた。

「田舎の伯母ちゃんよ。夏ちゃんは覚えていない？　お姉ちゃんたちはまだ……」

と聞かれて、夏彦は頷いて、

「ぼく、ちょっと」

と言って家を飛び出した。全然違うのに、お母さんなら自分の家に帰るのに、こんにちはなんて言うはずがないのに、ぼく間違えてしまって、と思いながら小さな公園へ走った。伯母さんは何も言わなかったが夏彦は甘えん坊と指摘されたように、恥ずかしかった。あけびねえちゃんだったらぼくの気持ちをすぐ見抜いてしまうだろう。


同級生が数人いたので一緒にブランコをこいで遊んだが、彼らはすぐ家へ帰って行った。彼らには待っているお母さんがいるんだ。夏彦は母親のいないことを一刻も忘れることはなかったが、寂しさは少しずつ慣れていくようであった。

ひとりで姉を待った。伯母のことも頭にあった。姉はそばを通ったが、わざとおとうとを無視したようにさっさと行ってしまった……。

玄関を二人は黙って開けた。伯母は玄関に出てきて、

「あけびさん、お帰りなさい」

と言った。数年ぶりだったが、わたしは咄嗟に今までさん付けではなくちゃん付けで呼ばれていたことを思い出した。祖母、おじ、おば、いとこたちは、みんなちゃん付けでわたしを呼んでいた。ときには母もそう呼んだ。

父と姉だけが、あけびと呼んだ。

わたしは名前をさん付けに呼ばれたことに、大人として扱われたとは思わないで、反感を抱いた。そこに何かこびのようなものを嗅いだ。

いつもは、家の中、台所は新聞紙や手ぬぐい、ぞうきんなどが雑然としていたが、大人の女の人が手早く片付けたという様子がわかった。

留守中に無断で家の中を、母でない大人の女が手を触れたことに、感謝でなく漠然とした嫌なものをわたしは抱いた。

夏彦は黙って二人の顔を見比べていた。

「おやつ」

と伯母は言って座卓の上に薄いおせんべいを出した。夏彦が座って手を出そうとしたとき
わたしはきつい声で言った。

「手を洗って」

「うん」

夏彦は慌てて台所へ行った。

わたしは鞄を三畳の勉強部屋へ置いた。夏彦と二人の部屋だった。昭和三十年ころ、ひとりずつの子ども部屋も水洗トイレもなかった。ガスはプロパンだった。

その夜、父は六時ごろ帰宅した。いつもは十時過ぎで、父と子は別々に食事をしていた。伯母は買物をしてきていた。小さな丸い座卓の上に電熱器を置いた。台所のプロパンガスからほとんど中味の煮えた鍋を電熱器の上に移した。

「すきやきですか？」

父はいつもより上機嫌だった。最近は母の療養生活が長引き、快復の見込みがなくなると笑顔を見せなくなっていたが、その夜は微笑が絶えなかった。父自身の本来持っていた人の好い穏やかな笑顔が戻っていた。

みんなで食卓を囲んだ。わたしは二人を観察した。父は伯母が来ることは分かっていたようだ。二人がどのように連絡を取り合ったのかわからなかったが、不思議だった。家庭に電話機のない時代だ。伯母は父の勤務先の役所へ電話をしたのだろうか。

おとうとと姉と、父もよく食べた。肉は細切れだったが豆腐や長葱(ながねぎ)、白滝に味がしみて、よい匂いが部屋中に広がった。

野良猫がいつの間にか家の中へ入り込んで、飼い猫のように暮らしていた。姉は猫を嫌がったが、わたしと夏彦はエサを与えた。父は何も言わなかったが、わたしと姉は猫のことで度々口論した。

「捨ててきて」

「やよ。もうノラって名前もつけたもの」

夏彦はそばにいて黙って口論を聞いていたが、姉が猫を虐(いじ)めるようなことがあると素早く猫を抱いて難を逃れた。

わたしと伯母はあまり食べなかった。ノラはエサをもらうまで離れなかった。後片付けもみんな伯母がやって、姉は自分がやらなくてすんだのでご機嫌だった。夜は勉強すると言って早々に自分の四畳半の部屋に行ってしまった。

伯母さんは泊まるのだろうかと思っていると父が言った。

「あけび、おまえは三畳に寝なさい」

夏彦を真ん中に父と伯母は六畳に寝た。伯母の寝た場所はいつもわたしの寝るところだった。他に部屋はなかった。

夏彦は三畳の座り机の上に時計をばらばらにして置いてあった。わたしはすぐ文句を言った。

「ごめん。目覚まし時計が遅れるので直していたんだよ。部品がないから直せないよ」

彼は時計を直せるときもあったが、分解して元に戻せなくなるときもあった。振り子のついた古いゼンマイの柱時計は壊してしまったのではないだろうか。父は夏彦の機械いじりに寛大であった。自分も小さなラジオを組み立てていた。息子には大学の理科系へ進むように言っていた。

「世の中を動かすのは科学の力だ」


わたしは父が伯母と仲が良さそうに思えてやきもちをやいた。身体のどこかにじめじめしたキノコが生えてきているような、すっきりとしない気分だ。そして思い出した。小学生の低学年のころ、母がまだ肺結核を発病していないとき、わたしは母に連れられて田舎の伯父の家へ行った。そのとき、子どもたちは二階で眠っていたがわたしは下の部屋の大人の中にいた。トイレへでも行ったのかもしれない。深夜だった。

伯父がかなり酔って帰宅した。伯母を探して、風呂へ入っているのを知ると大声で怒鳴った。

「この尼、俺より先に風呂へ入りやがって、何様だと思っている」

荒々しい足音がふろ場の方へ消えた。と同時に、キャーという悲鳴が聞こえると伯母が真っ裸で飛び出してきた。祖母は慌てて伯父を止め、母は身につけるものを伯母に投げた。もうひとりいた叔母が、早く、と叫んで、彼女を奥へ連れて行った。わたしは二階へ追いやられた。

わたしの耳から叫び声と怒鳴り声が消えなかった。そして真っ白な伯母の裸身が脳裡にこびりついていた。大人の変わりようにも驚いた。

「大学生と浮気をした」

と高校生になってから母に聞いた。田舎の近所、といっても農家の家と家の間は離れていたが噂はたちまち広がった。テレビのない時代だったが天井のネズミが床に降りてきて走り回り、伝達の役目を果たしたようである。

翌朝、わたしは伯母に小さな意地悪をした。それは彼女に通じた。

「まあ、あけびさんは……」

と言って伯母は言葉を濁した。昨夜、新しい枕がなかったので伯母は座布団を二つに折ってカバーの代わりにタオルをかけた。朝、わたしは座布団を廊下の陽のあたるところに乾かして、タオルは丸めてふろ場の洗濯かごへ投げた。

あなたのやり方、ずいぶん意地悪なのね、とわたしは伯母の内心の声を聞き取った。

父は何も気が付かないで、

「お義姉さん、落ち着く先が決まるまでゆっくりとしていてください」

と、出勤して行った。わたしは伯母が二度と泊まることはないだろうと咄嗟に思った。

父の姿が玄関から消えるのを待っていたかのように伯父が現れた。

偶然のすれ違いには思えなかった。近眼の度の強い父は義兄に気が付かなかったが、伯父は朝早くから来ていて、門のない玄関の外で父が出勤していくのを隠れて見ていたのではないか。伯父は父と顔を合わせたくないだろう。

「こんなところにいて」

伯父は目で伯母をうながして家をすぐ出て行った。この伯父は母の兄である。戦争中伯父のところへわたしたちは疎開したが、母は小姑の伯母にずいぶん気兼ねをして畑仕事などをした。

伯父はわたしの顔を見て、

「あけびちゃん……」

と一言だけわたしの名を呼んだが、あとの言葉は飲み込んで何も言わなかった。

伯母は怯えていたようであった。

おとうととわたしは無言で彼らを見送った。わたしたちは緊張した空気を感じて言葉を発することができなかった。おとうとの目にはじめ大人たちの不可解な行動に驚きと不安の色が浮かんだ。そして彼らが無言で家を出て行ってしまうと安堵の色が顔に浮かんだ。姉は学校が遠いので父より先に家を出かけていた。

わたしと夏彦はノラを家の中へ入れ、昨夜の残りのすきやきをご飯にかけてやった。

「ノラ、ご馳走だぞ」

伯母は昨夜、ご飯を朝の分までたくさん炊いてくれていた。

わたしは思い出して聞いた。

「なっちゃん、今日は武上先生のところへ行くの？」

夏彦は週に一度くらいの割で近所の武上という青年のところへ勉強を見てもらいに行っていた。学習塾ではなく、個人的に父が頼んだものだった。

「うん、武上先生がお礼は何もいらないからって、お姉ちゃんに言っておいてって」

「よかったわね」

「うん、先生は勉強の他にもいろいろむかしのお話をしてくれるよ」

わたしは武上の朴訥な風貌を思い出して、母の療養費で困窮している我が家のために素直に喜んだ。

タンスに載せてあるラジオのスイッチを夏彦は台に乗って切った。ラジオはタンスの上に載せてあり、父は朝のクラシック音楽を聴いていた。わたしは夜の音楽を聴いていた。夏彦は日中の子ども番組を、ラジオに耳を近づけるようにして聞いているときがあった。風邪を引いたとき中耳炎に罹(かか)って、医者の治療をきちんと受けないままに放置してしまい、少し耳の遠い少年になっていったのではないかと思う。

伯母のことは何もなかったように、戸締まりしてわたしと夏彦は揃(そろ)って学校へ行った。夏彦はわたしの意地悪を見ていたが表情を変えなかった。彼はただ伯母が母でないことで、漠然と反感を抱いたようだ。そしてわたしに同調した。彼の脳裡に何が残ったか、成人してからもこの話をしたことがないのでわからない。

その夜早めに帰宅した父に、

「伯母さんは？」

と聞かれて、

「帰った」

とだけ夏彦は答えていた。父もそれ以上何も聞かなかった。そして翌日から父の役所の帰りがまた遅くなった。

伯父は、伯母がわたしたちの家に泊まったことがどうしてわかったのだろう。

まもなく、伯父と伯母は正式に離婚した。伯父はこの美しい伯母をとても可愛がっていたが、裏切られて激しい憎しみだけが残ったようだ。父は伯父の暴力を伯母に訴えられて単純に同情したのであろうか。父と伯母の接点はないはずであったがわからない。

孤独な魂が彷徨(さまよ)っていて、何かですれ違ったとしか言いようがない。

しかしこの伯母の外泊は伯父のこころに決定的なものを与えたかもしれない。怒り、暴れながら夫婦は元の鞘(さや)に戻ることがある。それが第三者の介入で面子を潰され動きが取れなくなるときがある。

伯母がわたしの家に泊まったことはだれも知らないはずであったが、祖母の耳に入り、療養中の母の耳にまで届いた。ただ、母は怒りはなかったようである。黙って話を聞いていた。ただ淋しそうな笑みを片頬に浮かべたという。

祖母はわたしに、だれにも言ってはだめだよ、と念を押したのであるが、案外話の発信源は祖母であったかもしれない。

離婚後も伯母は自分の過失が原因で、帰る家もなく、収入を得る道もなく、さまよっていた。伯父は世話する人がいてすぐ再婚した。この離婚のために子どもたちや姑などが、それまで安泰に敷かれていると思っていた道を大きく外すことになった。特にまだ自立できない年頃の子どもたちが不幸になった。

伯母はいっときの愛欲のために彼女を必要とする家族たちを捨てた形になった。彼女自身そのような結果を生むようになるとは、想像もしていなかった。

愛欲の向こうの世界は見えなかったのである。

二

春がやって来ていた。だが春の女神の広げたスカーフにはあちこちに綻(ほころ)びがあった。

朝、夏彦の倒れた知らせを万里(まり)から電話で受けた。

「昨夜遅く帰宅すると居間に父が倒れていました。救急車をすぐ呼び入院しました。早朝手術をしましたが……」

「命は、助かったのね？」

わたしは念を押した。

「言語障害が残って、丁度そのところが切れて、まだ話すことができません」

「意識はあるの？」

万里の答えは曖昧だった。

「とにかくなんとかして、できるだけ早く行くわ」

わたしは病院の名を聞き取り、電話を切った。全身の力が抜けた。夏彦は半ば自殺したのだという想いがこころの中から突き上げてくる。この十日くらい毎日わたしは夏彦の家へ電話をかけていた。だがいろいろ時間を見計らってかけているのに電話に出ないのだ。彼の身に何か起こりそうな予感がしていた。

小一時間で行けるところなのに、ひとりで埼玉県のおとうとの家へ行けなくなってしまった我が身が辛かった。目が見えたら、と言うまいと思っている言葉を胸の内で繰り返してしまう。

夏彦は定年退職後、再就職の誘いを断った。そして退職金で古い家を壊して新しい家を建てた。玄関横には車二台が入るガレージがあった。屋根には太陽光発電装置をつけた。

「家中の電気は冬期以外は、それでほとんどまかなえるんだよ」

とわたしに嬉しそうに説明した。室内には好きなクラシックを生演奏のように聞ける音響装置を作ったり、パソコンの二台目は部品を秋葉原に買いに何度も行って、パソコンを自分で組み立てたそうだ。

「姉さんのパソコン、ぼくが作ってあげようか」

と言われて、そこまで彼の腕を信用していなかったわたしは断った。

二〇〇三年の十一月にわたしは夏彦に一緒に行ってもらって、池袋で一台目のパソコンを買った。当時はウィンドウズＸＰだった。おとうとはわたしにとって、わがままの言えるパソコン講師であった。またパソコンの技術を生かしたアルバイトを時々やっていたようだ。やがて地元の自治会へ入り役員になって、得意のパソコンで回覧板のお知らせやチラシを作って結構楽しくやっているようであった。誘われれば町会の旅行やカラオケ、ダンス講習会などにも行った。だが町会の看板を立てようとしてはしごに登って途中で落ちて、腰と脚を打って救急車で入院した。入院生活は長く、コルセットをつけるだけで何もすることがない日々だった。

夏彦は耐えられなくなったらしく、

「強引に退院してきたけど家で治ってしまった」

と言った。

だが退院の後は町会の仲間との間に隙間風が微妙にできたようだ。入院中に役員の交代でもあったのか。一度旅行に参加したが、

「ぼくは酒ばかり飲んでいた」

とつまらなそうな顔をしてわたしに言った。はっきりとしたこれという理由はなかったのだろうと思う。元々明るく社交的でない夏彦が無理をしていたのではないかとわたしは思った。若いときバイオリンを習っていた夏彦がどんな演歌をカラオケで歌ったのであろうか。

子どものころ布団を並べて、寝床の中でわたしたちは「小学生唱歌」を次から次へと歌った。

「あけびねえちゃん、もっと歌って」

と夏彦が言う。わたしは調子はずれの声で歌った。

やがて夏彦が眠り、わたしも眠った。そのいっときだけ、母のいない寂しさが遠のいて、老年の不眠の苦しさからは想像できないほどの深い眠りに入った。

わたしにもみんなの仲間に入れないところがある。そういうとき、わたしは自らみんなと離れる。夏彦はどうするのだろう。

彼はわたしの家にも来なくなり、わたしも行けないので、わたしたちはほとんどメールでのやりとりになった。だがそのメールの返事がこなくなった。電話をかけると、

「ああ、パソコンが壊れてしまった。直そうと思っているんだけど、なんだかめんどくさくなって。そのうち直すよ」

その返事を聞いたときわたしはおかしいと思った。あれほど好きなパソコンで、何時間でも机に向かって修理していたのに、めんどくさいとは。

その後、だいぶ経って彼からメールが入った。

「あけびねえさん、死にたい　夏彦」

救いを求める声だった。だがわたしに何ができるだろう。どうしたらいいのだろう。身内のその声を聞くのはつらい。

わたしは電話をかけて、近くでもどこでもいい、精神科のある病院へ行くようにと言った。彼は返事をしなかったので、何度もかけていろいろな方面から説得した。しばらくしてようやく近くの個人病院へ行ったという電話が入った。

「酒をやめるように」

と言われ、飲み薬を処方されたという。夏彦の酒量は増えていた。薬をきちんと飲んだかどうかはわからない。

わたしは思い余って夏彦の住んでいる市役所の福祉課へ電話を入れた。

電話口に出た福祉士の女性は親切だった。わたしはおとうとの家へひとりで行けない事情を話し、おとうとの様子も伝えた。妻は十年前に亡くなっていることなど。彼女はおとうとさんは六十五歳を過ぎているので訪問の対象になります、と言って訪問を約束してくれた。

わたしは深々とお辞儀をしたい心境だった。ありがたかった。

彼女は二度訪問してくれた。一度目は夏彦は在宅していたが、ドアホーンでの話をしただけで玄関内へ入れてもらえなかったという。

「人の世話にならずにやっていきます」

と夏彦は言ったそうだ。

「立派なお宅なのですね」

「ええ……」

とわたしは小さな声で答えた。なぜか恥ずかしいような気持ちになった。

二度目は門のところで会ったという。

「どこかへ出かけたお帰りのところのようでした」

彼女は身分証明書と書類を見せ、少しだけお話を、と言ったそうだが、玄関の中へはついに入れてもらえなかったという。

おとうとは貝になっていた。

先日の電話で夏彦は銀行へ行くと言っていた。預貯金は全部パソコンで出し入れしているので自分が突然死んだら子どもたちは出し方がわからないから、印鑑と通帳を作っておく、と言った。そして、

「子どもたちに少しでも多くお金を残してやりたい」

とさかんに言い出した。家を新築したことを後悔して、お金で残すようにすればよかったと言った。ことごとく、後ろ向きに物事を考え出したのでわたしは気に入らなかった。

わたしは夏彦の倒れた知らせを万里から受けて、ひとりで飛び出すことのできないわが身の無念さを痛感した。必死で頭を巡らし、病院へ同行してくれそうな人の名をだれかれと挙げてこころの内で探した。

平日である。娘は葬式でもない限り仕事を休んでくれないだろう。暇そうな従姉妹がいたが彼女は快く引き受けてくれなさそうに感じた。わたしが視覚障害者になってから「親戚」は遠のいた。

ようやく埼玉に住んでいる年上の従姉妹が浮かんだ。思い切って電話をかけた。思いの外簡単に彼女は同行を引き受けてくれた。おとうとにも同情の言葉を発した。大宮駅の改札口での待ち合わせであった。彼女とは目のよいときのつきあいで今のわたしの目の状態を想像できないに違いない。電話口で、

「電車の中の広告の字は見えるの？」

と聞かれたことがある。説明しても想像できないのだ。

わたしは白杖を頼りに必死で出かけた。五、六年前の話で、当時はまだわたしの目は今より見えて人間の男女の区別くらいわかったと思う。だが自宅から赤羽駅、大宮駅までどのようにして行ったか記憶がまったく抜けている。身体が無我夢中で動いていたように感じる。

みなさん、通してください。わたしを大宮駅まで行かせてください……。

思い出そうとすると目に涙がにじむ。涙が記憶の幕を固く閉じる。

大宮駅の改札近くでうろうろしていると、

「あけびちゃん、ここ、ここ」

と大声でわたしを呼ぶ従姉妹の声が聞こえた。


夏彦はベッドに上向きになって軽く目を閉じていた。眠っているのか、意識はあるのかわからなかった。少なくともわたしを認識した様子はなかった。

「なっちゃん……」

とわたしは幼いころから呼び慣れている愛称で彼を何度も呼んだ。しかし返事はおろか、わたしの呼びかけに微(かす)かにでも動かなかった。

「あけびですよ、あけび」

と何度も声をかけた。声が聞こえたのか、わたしの方を見たように思ったが、それはわたしのこころの中の願いでしかなかった。手を取ってみたがひっこめられた。やわらかい手だ。おとうとが求めているのはわたしではないことがわかって、両眼から涙が溢れた。

わたしはふと、彼から疎まれているのではないかと思った。咄嗟に感じて消えた感情である。かつて飼い猫のゆきの死を見守ってゆきに付き添っていたときも、ふと感じたのだ。ゆきはわたしの愛情を疎ましく感じている。そっと静かに「ひとり」で死にたいのだと、そのときか、日が経ってからか、わたしはそう思った。その当時、孤独なわたしの相手はゆきだけであったから。

人間と猫と比較する者はいないと思うが、一時期ゆきのことを実の娘のように感じていた。こころが通じ合えると。

死に行く者はその中へ入り込もうとする人間を拒むのではないか。

夏彦は鼻にも口にも何の管もつけていなかった。頭の髪を短く刈られ頭を切開した跡が白い包帯で痛々しくわかった。

同室の付添人がわたしに聞いた。

「元気なころ、何かの技師さんでしたか？　長くしゃべり出すのですが、技術用語のような言葉に聞こえます」

「ええ、退職してだいぶ経ちますが」

とわたしは答えた。

夏彦の長い独り言が始まった。

それは文字に書き表すことの出来ない言葉である。いや世界中のどこの国の言葉でもない。抑揚のない平坦な経のように流れる音、唇から漏れてくる音声。それはどの楽器でもない……。

だが、夏彦の意志があるように感じられた。脳の言語を司る部分が切れたというが、どの部分なのだろう。手術で繋ぐことはできなかったのだろうか。手術は何度もやりなおせないのだろうか。

わたしはおとうとの「言葉」にじっと耳を傾けた。ベッドに掛けられた毛布の端に半ば顔を埋めるようにして聞いた。

「Ж◎※×§＃$……」

化学記号のようなものをロボットが話しているようにも聞こえる。

わたしはなんとかして人間の言葉を聞き取ろうとして、全身の神経を耳に集中させた。

そしておとうとはついに言った。全身の力をふり絞るようにして。

「万里……大介……」

どれほどの愛情が籠もっているだろう。どれほど二人の幸せを祈っているだろう。最愛の子どもたち。

それは一度だけで、亡くなった妻の名が出てこないか注意したが、出てこなかった。もちろん「ねえさん」という言葉のかけらも出てこなかった。もう一度子どもたちの名を言ったのだが、それは異星人の言葉に挟まれて何の感情も籠もっていなかった。

夏彦は淡々と話し続けた。文字に書き表せない、赤児の言葉でもない、どんな動物のものでもない、鳥たちのものでもない言葉を、いや、音を長い間、発し続けた……。

だがわたしたちは、それぞれのこころの中で夏彦の言葉を理解したであろう……。

担当医が状況を別室で説明すると言った。わたしと従姉妹は万里について医者の後に続こうとした。ところが万里に遮られた。

「これは身内の問題ですから」

わたしは驚いて立ち止まり声も出なかった。こころの中で、なぜ、という疑問符を浮かべただけだった。

従姉妹が万里の後ろ姿につぶやいた。

「実のお姉さんじゃないの……」

夏彦の子どもたちは幼いときから母親が病気がちで母方の祖母や叔母たちに助けられて成人した。わたしは自分自身のことにかまけて、彼らの面倒をみなかったのである。わたしは自分が高齢になって生活も落ち着いてから、それをどんなに悔いたか、彼らに申し訳ないと思ったか、自分を責めたか、わからない。万里に「身内」と思われていないのだ。

頭を殴られたような衝撃を受けた。

夏彦は晩春に倒れ、晩秋に世を去った。その間、約八ヶ月。夏彦はもし、病床で意識が戻ることがあったら、だれにも伝えることのできないこころの裡（うち）の苦悩にどんなに悶々としたことだろう。怒り悲しみに深く沈んだことだろう。そしてただ、なすがままに我が身を人手に委ね、恐らく一番激しい感情である自分への怒りもやがて消えてゆき、諦観に覆われ、静かに死を待ち望んだことであろう。

わたしがおとうとと最後に話したのは倒れる数週間前であった。彼は電話をかけてきた。静かな午後、まだ夕闇が落ちてこない時刻であった。庭には陽を浴びてユキヤナギが乱れ咲いていた。

「ねえさん」

彼の声は沈んで、苦痛と孤独に満ちていた。

わたしはその声を聞いてはっと胸を衝かれた。

食卓に座り、ひとりでビールをあけながら、思い余って電話をかけてきた様子がわたしのこころにはっきりと通じた。

夏彦は珍しく愚痴を言った。生きていても仕方がない、

「淋しい」

と彼は口に出して言った。

母が病気で入院して以来、少年時代から口に出して言ったことのない言葉を、

「どうしようもなく淋しいんだ」

とこころから何回も言った。わたしは行けるなら飛んで行って彼を抱きしめたかった。

「ねえ、わたしの目は悪くて、ひとり歩きできないから、なっちゃんがこちらへきてちょうだい」

「いや、もし、ぼくが道で倒れるようなことがあったら、子どもはねえさんに伝えるだろうから葬式にはきて……」

と、そのようなことも言った。

それから夏彦は、

「ねえさん、こんな愚痴言ってごめんなさい。もうこれからはこんなこと言わないから。ほんとうにごめんなさい」

と弱々しく謝りだした。

わたしは当惑した。

「何を言うの、愚痴なんていつでも何度でも気の済むまで、繰り返して言っていいのよ」

と言ったが、彼は気弱な声で謝り続けた。おとうとが謝る度にわたしのこころに寂しさが

増幅された。どうしてこんなに遠慮したりするのだろう。どうしてわたしの気持ちがわからないのだろう。目がいいのだから今からでも楽しめることを見つければいいのに。わたしの障害のことも考えてどこかへ連れて行ってくれればいいのに、そうすれば夏彦自身も癒やされるのではないか……。

それは所詮わたし自身の考えであった。

夏彦は周りが見えなくなっていた。わたしのことも子どもや孫に囲まれて幸せに暮らしていると思い込んでいる。思い込んでいるだけならいいが、自分のことは幸せな人間には理解できないと思っている。他ばかりよく見えて、自分のことは何も見えない。

わたしは五十年も前にわたしたちの母親が夏彦の幸せを祈りながら命が絶えたことを思い出した。母の願いはむなしく夏彦は幸せな人生を送ったとは言えないように思える。わたしは彼が幸せになるために何の役にも立たなかった。

不幸の血は遺伝するものだろうか。するものなら、ここで、断ち切らなくてはならない。断ち切って欲しい。

そしてこの世に生を享(う)けた子どもたちすべての幸せを祈りたい……。

三

晩秋であった。秩父の山々は赤や黄色に鮮やかに染まっていた。

見えないわたしは棺の中の死者の顔に自分の顔を近づけた。ぼんやりおとうとの顔が浮かんだ。そのとき、母の声がわたしの全身を貫いた。

「あけび、もういい」

咄嗟にわたしはこころの中で母に返事をしていた。

「ええ、もういいのね」

そのとき、わたしのこころの中で夏彦というひとつの固い塊がすーと溶けた。すでにその塊は柔らかくなり始めていたのが感じられた。

夏彦は穏やかな顔をまっすぐ上に向けて世の中の苦しみから抜け出していた。わたしが今までに見た死者の顔にはみんな苦悩の色はない、ということは、死を迎えれば人間は苦悩から脱皮するのだろうか。

白や黄色や桃色や紫の花々を夏彦の顔の周りに埋めた。

夏彦の顔は微笑んでいるように見えた。わたしは深い息を漏らして安堵した……。

「なっちゃんを頼みます」

母の手紙の末尾にも、見舞いに行って別れるときも母はいつもわたしに言った。

「なっちゃんを頼みます」

死の床でも弱々しく、母は最後の息を吐くときでさえそう言った。


母が療養所へ入ったときから約十年後、亡くなるときまで、母は折に触れそう言い続けた。母は夏彦の幸せを祈ることで生きていた。だが母がたえず心配していたように、そしてその母のこころがわたしにも伝染していたのだが、事実、夏彦は六十八歳の生涯の多くを不幸せな年月を送ったのではないかと思う……。

母は早くに死んで最愛の息子の不幸を見なくて済んでよかったかもしれない。

今、わたしは夏彦の「ふしあわせ」を書く勇気はない。ただ、母とともに夏彦の幸せを願うあまり、彼を不幸の淵へ追いやってしまったのではないかとふと疑ったとき、胸に苦いものが湧き上がる。

夫は中年のころか、わたしに、

「君はぼくの妻か、実家の家の者か」

と言ったことがあった。わたしはそう言われて、夏彦から手を抜いた。夏彦とわたしの間に長い空白の年月が過ぎた。わたしはそれをとても悔いている。夏彦はわたしが必要だったのだ。必要なとき、手助けしなかったわたしはひどい姉である。

しかし過去を振り返って、「もし、……ならば」という言葉を連ねてもどうなるものでもない。

それにもう語り合える相手もいないのだ……。

夏彦の妻は二人の子どもを産んだあとずっと病気がちだった。そして五十五歳で亡くなった。夏彦はふとわたしに漏らしたことがある。

「ぼくはお父さんのようになりたくないと思っていたんだ」

父は母と離婚して、まだ母が療養所に生きているとき再婚した。母は病床で、父を自分から、憎い結核から、自由にすることを思い立った。療養所で離婚届けを取り寄せ署名して父に送った。だが、父がすぐ再婚したときは強いショックを受けた。まさか、すぐ再婚するとは想像できなかった。そのあたりの細かい事情はまだ少年であった夏彦は知らないはずであった。

その後、数年の間に母も父も亡くなった。夏彦は父に何も当時は言わなかったが、じっと見ていたのであろうか。

わたしは読経の間、ずっとすすり泣いていた。あまりに多くの苦悩が生まれて、たぶん消えていった……。

四

夢である。

夏彦が白いズボンをはき、白いシャツ姿でわたしの前にひっそりと立っている。少しはにかんだ笑顔をまっすぐにわたしの顔へ向けている。二十代半ばのころか、後半か。まだ結婚前だろう。手足がほっそりとしていて軽やかだ。

わたしは喜びの声を上げた。

「なっちゃん、帰ってきてくれたのね」

両手を取らんばかりに近づくと彼はすっと後ろへ一歩さがった。顔は笑顔のままこちらに向けている。口元を少し緩めて舌先を口内で少し左右に動かしている。

照れている様子だ。

夏彦が立っているのは、火事に遭って消失したわたしの家の玄関のところだ。部屋は玄関を上がると小さな板の間で、正面は二階へ上がる階段で、左手が応接間、右手がダイニングキッチンであった。ドアは両室とも開いていた。

夏彦はダイニングキッチンの方に背を向けて立っていた。

「どうしたの？」

返事はない。

「どうしたのよ。どうして返事をしないの」

わたしが一歩近づくと一歩下がって、彼はダイニングキッチンの方へ入っていく。笑顔を消さないまま後ずさりする。

「なあに？」

「…………」

何も言わない。声を発しない。

彼は相変わらずわたしにはにかんでいるような笑顔をむけたままテーブルの合間をバックですり抜けていく。わたしとおとうとは一定の距離を開けたまま顔を見合っている。

後ろに窓があった。

わたしはまた一歩近づいた。

「なっちゃん」

彼は下がる。わたしは両手を伸ばして彼の肩を思い切ってつかもうとした。とたんに彼の姿は消えた。手が彼のどこにも触れないうちに。

窓から射す明るい光の中へか、光の当たらない暗い部屋の隅にか、夏彦は消えてしまった。瞬間になんの痕跡も残さないで……。

夢はそこで切れた。白い音のない部屋だった。わたしは暫くぼんやりとしていた。精気を抜き取られたような疲労を感じた。

夜はまだ明けていない。朝まで寝床の中でわたしは夢を何度も反芻した。

夏彦のはにかんだような笑顔が脳裡から離れなかった。白い顔、白いシャツ、白いズボン……。目の悪いわたしが夢の中で、夏彦の姿も、顔の表情も見えたのだ。はっきり見えたのだ。

目覚まし時計の音でベッドを出た。

ベランダのガラス戸を少し開けて顔に冷気を当てた。

いつも聞こえる小鳥たちの鳴き声は聞こえなかった。

この何百戸とある四角い団地の部屋の中で、生きて動いている人間はわたしひとりではないかという錯覚に囚（とら）われた。

会話のない部屋で、黙々と、顔を洗い衣服を着替え、そろそろと食べ物を冷蔵庫から出して食卓に並べた。

熱い茶を両手で抱いてゆっくりと飲んだ……。

小鳥たちの鳴き声が聞こえたように思った。

泣け、悲しめ、歌え、喜べ、生あるものに喜びを……。

この夢の話を二人の人にした。女性である。ひとりは、

「相手と声を出して会話をしたら、あけびさんはあの世へ連れて行かれた。触らなかったことをもよかった」

と言った。

もうひとりは、

「夏彦さんはあの世で楽しく暮らしているのよ。お姉さんにもう心配しなくてもいいと報告にきたのよ。自分は楽しく暮らしているから、安心してって。よかったわね」

わたしは二人の意見に異論を挟まなかった。といって彼らの言葉を信じたわけではない。そんな迷信のようなことを言ってと一笑に付すこともしなかった。夏彦の神秘的な笑顔がまだ脳裡に残っていたからである。

「そうねえ」

とだけ素直に答えた。

後日、夢を見たことを万里にメールで伝えた。ただ夢を見たと言うだけにとどめたが、万

里からはすぐ穏やかな返事が来た。

「お父さんに会えてよかったですね」

夏彦の葬儀のあと万里はわたしに近づいて来て言った。

「最初に伯母さんがお見舞いにきてくれたとき、お父さんは伯母さんのことわかっていました。眉のあたりを少し動かして、あいさつしたのです」

その後も、万里はわたしを慰めるように、

「ほんとうにお父さんはわかっていたのです」

と繰り返して言った。

首を横に振っていたわたしはやがて僅かに頷いた。そうであると思いたい。あれから夏彦はずっと目覚めることが一度もなかったのだから……。

決まるまで

小さなことでは、その日その日の三度の食事のこと、大きなことでは結婚、受験、就職、転居のことなど、その都度迷いながらも、自分で良いと思う方向を決めながら生きてきた。だれでもそうであろう。

その結果は、当然、自分に返ってくる。

結婚など一番自分に返ってくるものかもしれない。亡夫は強烈な個性の持ち主で、わたしたちはよく議論をしていた。子どもたちから見ると夫婦喧嘩をしているように見えたかもしれない。子どもたちの前で隠すこともしなかった。

だが先に死なれてみると、夫婦の争いの中から得るものは少なくなかったように思う。それに夫婦が互いを必要とするのは子育ての一時期を省いて、高齢になってからだ。高齢になって、友だちは亡くなったり病気をしたりで、だんだん減ってくる。身近で一心同体になって助け合うのは老夫婦ではないだろうか。

わたしは最近、運不運ということを強く意識するようになった。何も、神がかりになったわけではない。ただ、右と決めた道で避けがたい交通事故に遭う。左だったら何事もなかっ

郵 便 は が き

料金受取人払

諏訪支店承認

6

差出有効期間
平成 28 年 9 月
末日まで有効

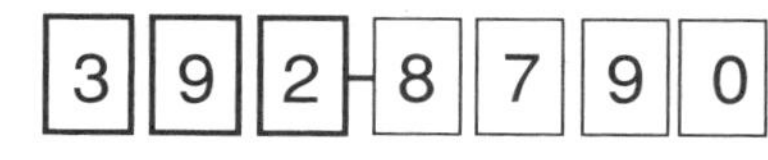

〔受 取 人〕

長野県諏訪市四賀 229-1

鳥 影 社 編 集 室

あなたと編集部を結ぶ愛読者係　行

ご住所　〒 □□□-□□□□
(ふりがな) お名前
電話番号　(　　　)　　-
ご職業・勤務先・学校名
Eメールアドレス
お買い上げになった書店名

鳥影社愛読者カード

このカードは出版の参考にさせていただきますので、皆様のご意見・ご感想をお聞かせください。

書名	

① 本書を何でお知りになりましたか？

ⅰ. 書店で
ⅱ. 広告で（　　　　　　　　　　）
ⅲ. 書評で（　　　　　　　　　　）
ⅳ. 人にすすめられて
ⅴ. DMで
ⅵ. その他（　　　　　　　　　　）

② 本書・著者へご意見、ご感想などをお聞かせ下さい。

③ 最近読んで、よかったと思う本を教えてください。

④ 現在、どんな作家に興味をおもちですか？

⑤ 現在、ご購読されている新聞・雑誌名

⑥ 今後、どのような本をお読みになりたいですか？

◇購入申込書◇

書名　　　　　　　　　　¥　　　　　（　　）部

書名　　　　　　　　　　¥　　　　　（　　）部

書名　　　　　　　　　　¥　　　　　（　　）部

たのに。何気なく、石ころ飛ばして決めたのに、少しも考えることなどなかったのに、偶然選んでしまった不運の上にいる、ということが人にはある。

わたしは今七十八歳になり、高齢で中途失明者になった。これから先、どこの場所でどのように生きるか選択を迫られている。このままの線上で生活していける自信がない。室内もそろそろ歩き、季節が変わっても、衣服の色がわからないので衣替えができずにいる……。

余命はあと何年あるかわからない。

ほんとうは当たり障りなくこの世と別れられれば一番いいのだが、わたしのように先へ先へと物事を考える者にとっては、いろいろな差し障りが見えてしまう。

夫は男の平均寿命くらいは生きた。子ども三人は結婚をして家を出て行った。永年飼って家族のようだった犬も猫も死んだ。ほんとうにこころのつながりがある家族だったのだ、猫も犬も。

わたしはひとり残された。まだ認知症になっていないので、自分のことは自分で決めなくてはならない。肌に何もつけないで寒風の中に身をさらしているような心細さ。暗闇の中で何も見えないで立っている不安。

自分がこんなに意気地なしだとは思わなかった。頭の中で生まれたときもひとり、死ぬときもひとりとわかっていたはずなのに、やたらに「血」が恋しい。

夕食を終えたあと、

「ご馳走さま。おいしかったね」

という一言、寝床へ入る前に、

「一日の終わるのは早いね」

などと一言言葉を交わせる相手が欲しい……。


いくら介護ヘルパーやガイドヘルパーに愚痴を言っても最終決定は自分がしなくてはならない。生きていることはつらいと思うようになった。めんどくさいとも思うようになった。余生を感謝して生きるという心境にはならないのである。わたしは欲の深いおろか者だから。

なんともだらしがないわたしである。

信用できるだれかが、ああしなさい、こうしなさい、とやさしく指図してくれたらどんなに気持ちが楽だろう、と甘えたことを考えるようになった。わたしには、そうか、そうですか、とうなずく素直さがないかもしれない。

　息子の俊一（しゅんいち）は、選択肢がいくつもあるから迷うのだよね、といかにも思いやりのあるようなことを言う。しかしあくまで傍観者の立場から離れない。嫁さんに繋がっているからだ。母親よりも強く。まあそれが当たり前なのであろう。


　二〇一一年三月十一日十四時四十六分、東日本大震災が起きた。

　大地震、津波、余震、原発事故で人々は未曾有の苦しみを味わった。苦しみは今も続いている。死者・行方不明者は一万八千人を超えた。関連死を含めると二万人近い。

　わたしの息子はある会社の仙台支店に勤務していたが、そこから大阪支店に転勤になった。単身赴任で妻子は仙台市内で暮らしていた。子どもが二人とも小学生だったので、転校を避けたための単身赴任であったようだ。

　息子夫婦はわたしにこまかい事情は話さない。話してもわたしから得るものがない、わたしにはわからないと思っている。しかし、わたしは子どもの教育に一言言いたいのだが、夫婦はそれが歓迎すべき意見ではないと聞く前から思っているようだ。

「よく知りもしないで、若い自分たちの子どものことがわかるものか」

　ということだ。老いたわたしは会話を楽しみたいと思っているのだが、あるいは楽しみの価値観も違うのかもしれない。

親しい人たちは話し合うものだとわたしは思っている。しかし今は、家族も夫婦も他人も話し合いに欠ける世の中かもしれない。親たちが親の言葉に耳を傾けないので、その子たちもその親の言葉に耳を傾けなくなるだろう。循環していくようだ。

三月十一日午後、息子の妻の光江はマンションの七階の部屋にいた。スキーで足を骨折している孫を学校に迎えに行き、帰りは医者へ立ち寄り、包帯を交換してもらう予定であった。

彼女は外出の仕度を終え、立ち上がった。車の鍵、部屋の鍵、財布、携帯電話などを入れた小さなバッグを手に持った。そのとき、十四時四十六分十八秒、部屋を出る一歩手前で大地震が起きた。

部屋が大揺れにゆれた。テレビ、食器棚、机、机の上の地球儀など、立っていた家具はすべて倒れた。

「七階の床が抜けて、みんな下へ落ちると思った」

と光江はあとで語った。彼女は眼前のできごとにばかり驚いていられなかった。日頃用意しておいてある貴重品を封筒ごとハンドバッグに入れた。倒れた家具の中から現金を無事に取り出せたのは幸運であった。

彼女は脱兎のごとく部屋の前にある階段を駆け下りた。エレベーターまで行くのにはいくつかの部屋の前を通らなくてはならない。エレベーターは停止しているかもしれない。彼女は頭をフル回転させていた。

七階の部屋からマンションの駐車場へ非常階段を走った。子どもたちのことしか頭になかった。二人の無事な顔を見なくては自分も生きた心地はしなかった。

余震は引き続いて度々起きた。


わたしはその時間、電話中であった。二階の自分の部屋で頑丈な木の机の前で受話器を握っていた。

相手は公団の女子事務員で、要領を得ない返事ばかりするので、わたしは少なからずいらいらしていた。

先日公団の公募があったので、申し込みをした。夫が病死して、広い家はいらなくなった。それにひとりで庭の樹木の手入れ雑草とりなど、一軒家を管理維持していく自信がなくなった。団地のような建物に住んだことはないが、団地は便利で身軽だという。

抽選の結果は補欠一であった。補欠の者は当選者と同じ書類を出すように明記してあった。文字の読み書きのできないわたしは、ガイドヘルパーなどの助けられて、すぐにわたしは書類をそろえて提出した。

わたしは入居を辞退するものが出て、自分だ早めに入れるものと気軽に考えていたが、公団からはひと月すぎても返事がないので、問い合わせの電話を入れた。その長電話の最中に地震が起きた。

揺れはなかなかとまらない。しかも大きい。

わたしは電話の相手に、

「地震のようよ」

と言って電話を切り、すぐ机の下にもぐった。

揺れは止まり、またやってきた。大きい地震がどこかにきているのがわかった。テレビをつけた。まだそのころのわたしの目はいくらかテレビの画面がおおざっぱにわかった。音声も役に立つ。

小一時間ほどするとテレビの画面いっぱいに大きな津波が広がった。死者の数が増えていくので緊張した。暫くして携帯へ息子から電話が入った。

「大丈夫。大阪も揺れたがたいしたことはない」

わたしはパソコンの電源を入れた。携帯メールは着信を読み上げてはくれるが、わたしには文字が小さくて打ち込むことができない。

夕方息子からパソコンへメールが入った。パソコンは音声でメールを読み上げてくれる。

仙台と連絡がとれない。

メールの文字を音声機械がその通り読んでいるのだが、それは息子の悲鳴のように聞こえた。

わたしは仙台や息子のところへ電話をかけたかったが輻輳（ふくそう）していることを考えて、我慢して、向こうからの知らせを待つことにした。

夕刻、民生委員の西田さんが近所の人と二人で訪ねてきてくれた。

「驚いたわね。大丈夫？」

彼女たちは家へ上がって各部屋のガラス類が壊れていないか、食器が落ちていないか、点検してくれた。壊れ物があっても目の悪いわたしにはわからない。ガラスの破片が落ちていても踏んでしまう。西田さんの行動はほんとうにありがたかった。

３・11のあと、わたしは本箱などのガラスをみんな取り外した。また外にあるガスの元栓は地震のとき自動的に止まることになっていたが、それをわたしはすっかり忘れてしまった。夜になってガスストーブがつかないのは地震のせいと思いこんでガスストーブなしで、湯も沸かせないで寒さに震えていた。どこへも知らせなかった。とにかく自分のことより息子の妻子のことが心配だった。

電話が通じない、とラジオが報じていた。

夜、ボランティアで知りあった大阪出身の松さんからメールが入った。松さんの勤務先は新宿である。

深田さん大丈夫ですか！
今、新宿です。
お困りなら家までいきます。
連絡ください。
電話通じません。
電車止まっています。歩きです。
(3/11/19:53)

松さんの家は東十条にある。わたしの住んでいる赤羽から徒歩で三十分くらいだろうか。彼女は学生のとき神戸の大地震に遭遇している。わたしは、すぐ、無事。大丈夫。こなくていい、ありがと、とメールを返信した。

待ちに待ったメールが大阪の息子から届いた。


家族全員の無事を確認出来ました。

(3/11/21:34)


わたしは電気あんかを探しだし、ベッドに入れて足を温め、ようやく横になれた。

テレビの画面には大きな山のような波が黒い旗のように揺れていた。

わたしには建物も道路も識別できなかった。

息子の妻子についてあとから聞いた話では、大阪支店から仙台支店へ電話がつながった。そして息子の同僚が仙台市内を探しに行ってくれた。息子のマンションは倒壊を免れたが、管理人に、建物の点検が済むまで危険だから中へ入ることは禁止、と言われた。それで外の車の中で一夜を過ごしていた。社員と顔見知りだったので、母子が車中で身を寄せ合っているところを発見されたようだ。

翌日の早朝、わたしは息子の携帯電話で起こされた。

今、日本海が見下ろせる新潟あたりの崖の上にいるという。夜半に大阪でレンタカーを借りて出発した。次から次へ報道される悲惨な事実に、妻子の元へという気持ちの焦りはわからなくはないが二次災害を起こす可能性が大きい。周囲の者はみな危ないから行くなと、息子の出発に反対したという。東京周りで行くと車の規制が多く時間がかかると思ったので、日本海周りで仙台へ入る予定だという。

「トンネルを入るとき、山が崩れて出口がふさがってしまわないか、命の危険を度々感じたよ。けっこう余震があるんだ。ここまでくればもう大丈夫だよ」

「俊一、無茶しないで」

息子は、あっと叫んだ。わたしは瞬間、車の転落が脳にイメージされた。だが、すぐ元気な声が聞こえた。

「ああ、太陽が出た。日本海が朝日に輝いている。綺麗だ」

俊一の感動した声が聞こえた。こういうときでも人は感動するこころがあるのだとわたしは思った。

そして、息子一家が無事に合流できるまで生きた心地がしないのだと思った。

しかし、多くの犠牲者に対して自分の身内ばかり考えているようで申し訳なく思った。親を亡くした子どもたちは多い。まだこの時点で原発事故の恐ろしさに人々は気が付いていなかった……。

地震当日は金曜日で、たまたま介護ヘルパーが来てくれて料理を作っておいてくれた。翌日土曜日は次女が車で雑多なものを買って持ってきて、ガソリンが買えないのでしばらくこれない、と言った。

わたしの家の周りは地震で枯れ枝が落ちたり、樋が落ち葉で詰まったりしていた。数年前に知りあった内モンゴル出身で日本人と結婚しているバルルさんが家の周辺を整理をしてくれることになった。彼女は日本の大学院の農学部出身である。

「この手で土いじりも伐採もなんでもやってきたのだから、このくらいのこと、なんでもない」

と身軽に屋根に上った。

中国内モンゴル自治区から日本へ留学した当初、日本人にずいぶん世話になったので、これからは日本人にできるだけ恩返しをしたいと思っている、と言った。親子ほど歳が離れているが、たまたまわたしと巡り会って親しい付き合いをするようになっていた。

息子の仙台の賃貸マンションはそのまま住んでも大丈夫ということで、足の踏み場もない室内の倒れた家具類を整理して、寝る場所を作ることから始まったようだ。エレベーターが動かないので下から水を七階まで運んだ。食べ物や自動車のガソリンを買うのも行列だった。光江は命がけで救援にむかった俊一にずいぶん助けられた。

一週間ほどして息子からメールが入った。


今から大阪に向けて出発します。距離が長いので、今夜は金沢で一泊して明日大阪に到着します。一人で戻る予定でしたが、子供が余震が怖い、風呂に入りたい、大阪でたこ焼き食べたいと言い張るので、やむなく一緒に大阪に行くことにしました。子どもの足のケガ、大阪で医者に診せます。

安全運転で戻りますね。

お母さんも気を付けてください。

(3/20/18:22)


わたしの公団入居の補欠はどういうわけか沙汰止みになった。それっきり公団から連絡がこなかった。わたしは公団の職員に、地震のようよ、と言って受話器を投げ出したとき、自分は入居を断念したのだと思った。ガイドヘルパーを頼んで住民票を取りに行き、人に頼んで申し込み書を書いてもらい、期日までに書類を届けた目の悪い老婆に公団はそっけなかった。声を大きくして叫びまわらない者の声は届かないところのようだ。

息子の妻子たちは四月の新学期から東京へ戻るのかと思っていたら、あと一年で孫が小学校を卒業するからそれまで仙台で暮らすという。息子の妻子の住んでいる仙台市内は復興が早かったという。息子は大阪支店勤務のままで、東京を素通りして大阪から仙台まで飛行機で、月一回くらい往復しているらしかった。


夏休みは例年通り、息子一家はわたしのところへ三日ほど滞在した。しかし大田区にある妻の実家へなんとなく出入りしている様子が感じられた。今までは三日間赤羽に泊まってから土産など持って大森へ行っていたが、今回はその前にも用事があるらしかった。これはわたしの第六感であった。

ほどなくその理由はわかった。孫が仙台で小学校を卒業したら東京へ戻るので、その準備をしているらしかった。わたしに内緒で上京の準備といえば、引きあげてくる場所は嫁さんの実家の近くだろう。

たぶんもう少し準備に形がつくまでわたしに黙っていようと、夫婦で話し合っていたのかもしれない。わたしは無理解な母親と自分のことを思ってはいないが、息子夫婦からみれば話し合いということ自体が煩わしいのだろう。老親と話し合いをする必要性を認めなかったのかもしれない。

かつてわたしは息子に、東京で居を構えるときは夫婦二人の実家の中間点あたりに住んで欲しい、と言ったことがある。

息子に中間あたりとわたしが口に出したころは、わたしと嫁の光江とはうまくいっているとわたしは思っていて、人に嫁自慢もしていた。夫はまだ元気で、息子の嫁を気に入っていた。いずれにしてもそれはわたしと夫の一方的な思いであったようだ。それにわたしは老後になって視覚障害者になるとは思っていなかった。嫁の気持ちを軽くする意味もあって、

「老後はお父さんと二人で住むから大丈夫よ」

と言ったかもしれない。夫があのように脆(もろ)く亡くなるとは予想外であった。それで息子夫婦は親と一緒に住むことはないと思ってしまったかもしれない。

夫は病気になったとき息子に言っていた。

「俊一、おれが死んだら母さんを頼むよ」

娘たちには言わなかったのはやはり夫は昭和の男だったのだろうか。男子が家の跡を継ぎ、母親の面倒をみると思っていたのだろうか。いやそうではない。夫はわたしと息子は強く結ばれていると信じていたからだろう。わたしと俊一は「愛情」で結ばれていた母と子で

あったはずであった……。

わたしの自宅は一軒屋の持ち家で、裏の方に柿やイチジクの木が雑多に植えてあった。蜂やトカゲ、ミミズも出た。土地を整備して家を増改築すれば、そこへ、二世帯住宅を建てることは十分可能であった。しかし同居して親子が不和になった例を多く見聞きしていた。

ではなぜ息子と同居したいのだろう。なぜ息子に執着するのだろうか。嫁への敗北感か。寂しさが、若いときの亡夫と息子の姿を交錯させ、老いた脳に混乱を起こすのか。

老婆が、介護ヘルパーにこぼす愚痴のほとんどは嫁の悪口だという。それが、老い先短い人のストレス解消になっているのであれば仕方がないことだ。

どこの母親も命がけで息子を育てたのである。見返りを期待しないで。だが老いがこころを弱くして見返りを欲するようになる。老いた人がそのような気持ちを抱く前に子どもたちが老親に歩みよっていれば素晴らしいことだが。


二〇一一年のカレンダーが一枚しかなくなったころ、公団に空き家が出たことを知った。長女の知らせである。

わたしは寒い中を空き部屋を長女と見に行った。そこは駅からも少し遠くなったが、我慢することにした。これからのわたしの生活が駅へ出て乗り物に乗るという活動的な生活ではなくなるからである。公団でも一週間くらいしか返事を待てないということだった。

わたしは１ＬＤＫの賃貸料金を前家賃で支払った。生まれて初めて四角い団地へ、家賃を払って住むことになった。ドクダミなどの雑草の一本一本、大きな蟻の穴など、小さなことに思い出のいっぱい詰まっている古い家は人手に渡った。三人の子どもたちのだれひとりとして、ここに住みたいとは言わなかった。こころに冷たい風が吹くような、つらく侘びしい気持ちであった。夫が生きていたらなんと言っただろう。

やはり育て方を間違えたのかもしれないと、こころの内で思った。しかし、そう思うことはわたし自身が老いて頼りない人間になってきたからである。

その正月、上京した光江からわたしは次のようなことを言われた。そのとき俊一がどこにいたのか、わたしはまったく記憶にない。ただ夫婦が揃っていないで、光江ひとりだったように思う。

「あんな地震がまた起きたら、あたしもいつ死ぬかわからないと考えました。万一のことを思うと子どもが心配だから大森の実家のそばに住みたい。母はまだ元気だし兄一家もそばだから、あたしが万一のとき子どもの面倒をみてもらえます」

わたしは話を聞きながら、地震当時の光江の憔悴(しょうすい)した顔と荒れた手を思い出していた。可哀想に、とまず思ったが、やはり、実家のそばへ行くのか、と思った。赤羽から電車でも自動車でも小一時間である。息子たちの新居と嫁の実家、兄一家とは徒歩圏内である。

また、何も言わないし聞かないけれど、息子が承知しているのであればわたしに口を挟む余地はない。わたしに隠して準備を進めていて、わたしが公団入居の決定を話すと相手からも打ち明けられるという成り行きは、こころのどこかに針を強く刺されたような痛みを感じたが、そのときはこらえることはできた。光江は口にこそ出さなかったが、目の悪いお義母さんに孫の世話ができますか、と言っていた。

愛情だけで言えば、命をかけても孫たちは守るという強い気持ちがわたしにはあったが、現実に目の見えないわたしは何もできないと思われても仕方がないのであろう。

俊一たちの住むマンションはそれほど古くない中古であった。改築の床、壁、天井などの張り替えにかなりのお金がかかったようなので、わたしは出したい、と光江に言った。だが即座にきっぱりと光江に断られた。

「自分たちでやりますから」

と息子の名前を言って、

「俊一さんが働いたお金を貯めたものですから」

そうだ、結婚したら、息子の髪の毛一本全部自分のものと、この嫁は思っているのだとわたしは改めて思った。収穫はみんな自分のものなのだ。

中古マンションは嫁の実家の持ち物らしいので、なおのことわたしはものが言えない……。

俊一は「人間のこころ」を持った大人に育てたつもりで、またそうなったと思っているが、光江はわたしの育てた娘ではないからどんなこころを持った人間かわからない。

節分の日、わたしは団地に引っ越しをした。

「鬼は外、福は内」

とわたしは小さな声で少しだけ豆を撒いた。だれもいない部屋に声が遠慮して流れた。窓ガラスを少し開けてみたが、どこの部屋からも豆まきの声は聞こえてこなかった。わたしの部屋を鬼たちが覗いたとしても鬼のこころに遠慮が生じて彼らはどこかへ飛んで行ってしまうだろう。

団地の冬は室内にガスの床暖房が設置されていて暖かく過ごしやすかった。雨戸の開閉がないのは楽だった。今までは六部屋の雨戸の開閉があった。また雪かき、草むしりの心配がない。ここは耐震がしっかりとしていて、大地震のときも室内にいれば安全のようだ。風雨の心配もない。

わたしは介護ヘルパーに助けられながら、永年住んだ家を離れ、ひとり暮らしを始めた。介護ヘルパーは一日一時間来て掃除や料理をしてくれた。わたしは風呂やガスの点火など手探りなのでうまくいかないのだが、彼女たちはやさしかった。

週に二回ほどは気心の知れたガイドヘルパーと買物や散歩しながらおしゃべりして楽しんだ。

孫は仙台で無事に小学校を卒業したようだ。

三月の末、夜、ベッドに入っていたとき携帯電話が鳴った。

今日仙台を引きあげて引っ越ししてきた。一応ここは、寝ることができるまでに片付けた、という俊一からの報告だった。携帯電話の向こうは静かで妻子の声も引っ越しのざわめきの雰囲気も伝わってこなかった。ただ冷たい事実だけが音声となって伝わった。もう疲れて妻子は眠っているのだろう。


わたしは今日引っ越しだとは知らなかった。しかしこれで現実がはっきりと見えたのだと感じた。電話を切ってからわたしは眠れなくなった。いろいろな想いが湧き上がってきて我慢できなくなって再び息子の携帯へ電話をした。現実がどうにも受け入れられなかったのだ。慈しみ育てた息子との別離の衝撃がどうにもこころに収まりきれなかったのだ……。

そして自分でも自分が嫌になるほどの愚痴を言った。

とうとう別に暮らすようになったとか、つまらない何かをしつこく言わなくてはいられなかった。孫は二、三年すればすぐ大きくなる。中一と小学五年ではすぐ大人と変わらない背丈になり、力もつく。物事の判断もつく。大地震の経験者でもあるのだから、地震が起きたらかえってそちらのお母さんを助けるだろうなどなど切ない嫌みを言った。

わたしは首根っこを押さえられた鳥のように、羽をばたつかせた。ばたつかせ首を回している鳥には眼がなかった。羽はずいぶん抜けてあたりを汚くしただろう。

息子が十一時を過ぎたのに辛抱強くわたしの老いの繰り言を聞いていたのが救いであった。彼は今朝は早朝に起きて引っ越しの力仕事をして、明後日、東京から大阪に戻るという。疲れているだろう。

わたしは自分から携帯を切って、布団の中で大きな声でいつまでも泣いていた。密閉性の高い団地の寝室は人に聞かれる心配もなく、さまざまなことが重なって泣くことができなくなっていたはずのわたしが、泣いていた。

俊一は東京へ戻れると思っていたが、名古屋支店に転勤になった。だが名古屋は短かく、すぐ東京へ戻れることになった。

大森の家へは二度行ったが、そこは息子の家ではなかった。夫婦の家でもなく、息子の妻と子どもたちの家であった。しかしそう感じるのはわたしだけで息子は気にしていないようであった。まだ働き盛りだからだろう。

大森の家は……と、不服は言うまい。しかし、わたしにはそこはしらじらと冷たい場所で、二度目に行ったときは、もう二度とここへは来ないと思ってしまった。光江は強い言葉を一言も話さずに、話さないことで目の見えない姑のこころに、二度と来ないという悲しい決心をさせることができたのだから、見事なものである。

黙っている者の冷酷さ、無視することの冷酷さ、説明しないことの冷酷さを感じる。特に見えない者は無言の冷酷さを感じ取るのかもしれない。

わたしのこころは相手にも伝わるのだろう。また来てください、と光江は言わなかった。言ってもわたしは茶わんひとつ洗えない。まるで木偶(でく)の坊のように座って、見えない目であたりを眺めているだけだ。つらいことである。

わたしは友だちと上野の東京文化会館まで、ショパンとグリーグのピアノを聴きに行った。記憶をまさぐりながら上野公園を見渡した。モダンなカフェが増えていた。

噴水が色と形に変化を付けて午後の陽の中で踊っていたのがわかった。友人は3・11のとき、メールをくれた彼女である。

わたしは美しい音楽にこころを満たされながら、同じこころにふと別のものを入れてしまった。

わたしは嫁の話をした。再度、大地震がきたら自分の命も子どもたちも守れないから実家の母や兄のそばへいくと言って、わたしのそばには住まなくなった理由を話した。彼女はしばらく黙っていたが、口ごもった末に言った。

「それって、深田さんを切り捨てたこと……」

わたしはそこまで考えていなかったので黙っていた。彼女の言葉がこころの底へ到着するのには時間がかかった。

「ほんとうに怖い思いをした人はそんなふうに考えない、そんなことしないわ……」

と彼女は強く言った。

彼女は神戸大震災のとき、火の中を我が家へ向かって死にもの狂いで走った。家族や伯父、伯母の安否を確かめるために。震災後、高齢の伯母の面倒をみた。だから3・11の夜、新宿の勤務先から赤羽まで、もしお困りでしたら歩いていきます、というメールをくれたのである。

「家族はより添うようになる」

とコーヒーを飲み終えて彼女がつぶやいたとき、わたしは応えられなかった。答えがほしいことが一杯あった。家族ってなんだろう。どこまでの肉親を家族と呼ぶのだろう。独居の老いた母親は家族ではないのだろうか。子どもは結婚をして家を出て行った。そして若夫婦は子どもを生み、家庭を作り上げた。実家では父親が病死して母親は独居生活に入った。家計は別で家は離れている。交流は年に数回程度であった。

戸籍や住民票など独居老人は子どもとは別なのは言うまでもないが、母親から見ると離れていても子どもは家族である。しかし若い人たちから見れば、老いた母親はなんなのであろうか。介護保険という制度が存在する。嫁から見れば血の繋がりのない他人というのは事実であろう。ただ精神的なものは、こころはどこにあるのだろう。

桜の花が咲くころ、その花が見えないということは、見えない人のこころを狂わせるかもしれない。

「桜の花、きらいだわ。お花見も」

とわたしが言うと、八十代半ばの温厚な紳士がすぐに答えた。

「ぼくもだ」

彼は少年のころ事故に遭い、全盲の視覚障害者になった。民謡、カラオケ、機械いじりが好きな多趣味な人である。物の考えかたが常識的で好奇心もある。わたしは尊敬しているが、花見がきらいだと言ったので、好きになった。老夫婦の二人暮らしだが、老人臭さを見せない。

わたしは板橋に新しくできた東京都の大きな老人病院の精神科へ行くことにした。「うつ」ではないかと思ったのである。

脳のCTを撮り、一〇〇から七を引いていく計算をやらされ、先生が三つの単語を言った。しばらく話をしてから、

「先ほどの三つの言葉を思い出して言ってください」

と言う。目が悪くて絵や文字の見えない者には先生は言葉で説明するという。目がよい者には、絵や文字で覚えさせる。見るだけと耳で聞くだけと、どちらが脳に記憶されるだろうか。

自分が当事者となってわかったのだが、視覚障害者といってもその症状は千差万別である。また視力の〇・〇一の差はとても大きい。そして視力低下は進行していく。自分以外の人間には進行の度合いがわからない。また障害になった歳によって適応の能力に格差があ

る。若いうちは学習能力が高いが、高齢者はどうしようもない。点字学習が一番いい例だ。わたしは七十歳近くのとき、点字を習い始めようかと思ったがやめた。迷っているうちに夫が病気となり入院して亡くなった。そのばたばたで点字のことを思い出しもしなくなった。次女に、お母さんはパソコンができるからそれでいい、と言われた。今は多様化の時代だから自分ができるものをひとつ選べばいいとも言われた。

パソコンはいつまで経っても初級の段階である。

わたしの診断の結果は認知症でもうつ病でもなく、強いて言えばナントカ不安症ということであった。

不安のない人が現代にいるのだろうか。

小学生から超高齢者まで、セミの抜け殻のような不安の塊を背中に背負っているのではないか。診察の結果を若い医師から聞いて立ちあがるとき、わたしは嫌みを言った。その前に、この病院をどう思いますか、と聞かれたからである。

「失礼ですが、先生はわたしの診察の間、ずっとパソコンを打ってました。たぶんわたしの顔を一度もご覧になりませんでした。わたしの顔を診ない人にわたしのこころの動きがわかるのでしょうか」

若い医師は返事をしないで、少しだけパソコンの手を止めただけだった。わたしは迎えにきたガイドヘルパーと診察室を出た。あとで気が付いたのは精神科の医師がわたしの眼病に触れないことである。治らないものには触れないのか、わたしのこころの底の一番の悩みは目のことであるが医師はなるべく悩みを解決する助言はくれない。一番の悩みはだれでも自分で治さなくてはならないものなのだろう。

公団に入居した当初、ここへ住むのは三年から五年と思った。自分の体力と眼病の悪化状態を考えて、ひとりで暮らして行ける限界がそのくらいと思ったのである。

団地は住んでみると隣近所との付き合いがまったくと言っていいほどなくて、孤立した部屋が積み木細工のように並んでいる建物だった。わたしにはなじめない、親しみの湧かない住宅集団のようだ。

青梅(おうめ)に盲養護老人ホーム「聖明園(せいめいえん)」という施設がある。ここは約三十年ほど前、わたしの伯母が入所して天寿を全うしたところである。伯母は白内障を手術して失敗して見えなくなった。今は白内障の手術の失敗ということはほとんど聞かなくなった。手術も当初は健康保険が使えなかった。伯母は息子の離婚によって住まいを失いここに入所したのだが、三度三度のお食事の心配をしないですむ、神様に感謝している、と言った。聖明園でキリスト教式の葬式を挙げた第一号になった。

わたしは伯母を見舞って聖明園へ度々行った。庭まで広げたバザーが年一回催された。伯母はわたしと手をつないで買物をするのが嬉しくて、わたしの来園を毎回待ち焦がれていた。どんな食事がでるのか知るために一泊して百人の盲老人たちと同じ食事をした。そして伯母と話をしながら、わたしもいずれここへ入所するのではないか、とふと思ったことがある。そのころわたしはコンタクトレンズをしていて〇・七くらいが見えただろうか。将来、目が悪くなっても障害者手帳をもらうほどとは考えていなかった。

伯母は愚痴を言わない人だった。職員に、娘さんですか、と聞かれわたしの手を取って破顔した。

聖明園へ電話して日時を打ち合わせ、施設見学に行くことになった。ガイドヘルパーと一緒である。新宿から中央線に一時間ほど乗り、東青梅で降りてタクシーに乗った。伯母の見舞いのときはいつもバスであった。タクシーに乗ることなど思いつかなかった。あのころは小さな駅の片隅にタクシー乗り場などあっただろうか。

聖明園は急勾配の丘の上にある。伯母がいたころと違って全館建て直してあるが、わたしは建物がぼんやりとしか見えなくなっていた。それに、懐かしいにおいも漂ってこなかった。あの坂道を急いで上れたのだから若かったのだろうとむかしを振り返った。

天井の高いホテルのロビー風の玄関へあがった。小さなテーブルを挟んで応接セットが置いてある。暫くして八十歳を過ぎたと思われる男性が職員と静かに歩いてきた。本間昭雄先生である。聖明園の創立者で、ご自身も不便な身である。伯母が入所していたころにご夫婦の姿を後ろから拝見したことがある。

本間先生はわたしの歳をお聞きになりむかしの話をされた。わたしは本間先生が書かれた聖明園の歴史、ご自身の家系を書かれた自分史などをデイジー図書で聞いていたのでお話がよくわかった。

こうやって来訪者があるとき「世の中のにおい」をかぐために出ていらっしゃるのだろうかな、とわたしはこころの中で思った。

館内を案内する職員がまもなく来た。

挨拶して立ち上がりかけたとき、奥様を亡くされた話をされた。わたしの胸にそこはかとないさびしさが老人から伝わった。

職員は丁寧に館内を案内してくれた。みんな洋室のひとり部屋で、ごく一部に二人部屋がある。ここで以前、盲老人が結婚した話を聞いた。外で知り合いだった男女が視力を失って偶然、聖明園で再会した。まわりの盲老人は喜んで二人を祝福したという。

聖明園には「盲導鈴（もうどうれい）」というものがある。盲人を導く鈴ということで廊下などの角にぶら下がっている。見えない者に場所を知らせたり、見えない者同士がぶつかりあったりしないための役目をする。

秋ふかし　かすかにひびく　盲導鈴

伯母が入所して、俳句の会へ入り作ったものである。

わたしは狭い室内を見回して案内の職員に質問した。

「銀行の通帳や印鑑はどうするのでしょうか？」

室内の壁際に備え付けの小さな茶簞笥（ちゃだんす）があって、そこに鍵付きの引き出しがあった。

「入居されるとすぐ引き出しの鍵と部屋の鍵をお渡しします。みなさん、貴重品はこの引き出しに入れて自主管理しています。お金の出し入れは銀行が日を決めて来ています」

事前に注文しておいたのでガイドヘルパーと遅い昼食をいただいて辞した。美味しい昼食だった。

聖明園は定員が百人で入所申し込みは区役所の高齢係へするそうだ。空室はなかなか出ないような話だった。

一ヶ月ほどして秋も深まったころ、社会福祉法人三篠（みささ）会桜コートというところへ見学に行った。聖明園と同じガイドヘルパーとである。

東村山市にある。赤羽から南浦和乗り換えで新秋津駅へ出る。そこからバスで十五分のところにある。盲老人の定員は五十人、障害のない老人が建物の二階に百人いるそうだ。

建物は立派で東日本大震災のあと耐震を考慮して作ったものであろう。個室や廊下など聖明園と同じようだったが風呂が違っていた。聖明園は掃除日を除いて入浴は毎日ということだったが、ここは週三回と決められていた。

全体にここの方が細かい規則があるような感じも受けるが、入ってみなければわからない。

聖明園と桜コートを嫌になって出てきてしまった人の話を聞いたことがある。実際にどこにも天国はないし、みんな、家をたたんで古いものは捨て、身ひとつになって入所するのだから、盲人に戻る家はない……。

船橋の施設に従姉妹がいた。彼女はわたしより五歳年下で、わたしのことを「おねえさん」、わたしの亡夫のことを「おにいさん」と若いときから呼んでいた。俊一に車でつれて行ってもらった。

従姉妹の部屋は割とゆったりとした感じで、窓から見事な桜並木が見えるそうだ。もう桜が終わって閑静な眺めであった。

二度目は、半年くらいして入所を目的の施設見学に行った。娘も同行して三人だった。施設の担当者は優しく、細かく全館を案内してくれたが、そこは目の悪い老人はひとりもいなくて、施設もわたしのような人間を扱ったことがなかった。

風呂付きの部屋はなく、風呂は階段を上がって行くようだ。食堂は自分のトレイをカウンターから食卓に自分で運ばなくてはならなかった。白杖を持って両手でトレイの持ち運びはできない。従姉妹が、あたしがみんな手伝います、と言ってくれたが、施設側ではそうはいかないようだった。同等の利用者に互いの世話はさせられないようだった。

「もし、深田さんがここにお入りになることになれば、ここでは専用の人を雇うようになるかもしれません」

とそのようなことを言った。わたしはこころの中で「めんどくさい」ことになると思った。単純ではない手続きは長引き、うやむやになるものだ。

帰路、車の中で俊一が言った。

「係は親切だったけど、たくさんの書類をそろえて提出しても、入居許可がおりるかどうかわからないよ。お母さんががっかりするといけないから、あらかじめ言っておくけど」

わたしは黙って聞いていた。見えないことが障害になる……。

結局入所願いを出さないで終わった。従姉妹が、来てくれれば何でもお手伝いします、むかしの話も出来て嬉しいし、あたし、心強い、と言ってくれたことがわたしのこころを暖めてくれた。ふたりして、こんな老後を送るとは思わなかったわね、と繰り返して言い合った。

だれでも想像しない老後がやってくる……。

それから約十ヶ月ほどの間、わたしは精力的に「サービス付き高齢者向け住宅」というところを見て回った。これは普通の賃貸マンションと基本的には変わらない。出入りなどは自由なのだが、食事が三食付く。そして非常用ベルが付き、急な事故に対応できるようになっている。資料は、ケアマネジャーのYさんがよさそうなのを調べてパソコンへいくつも送ってくれた。

埼玉県の戸田は次女と、池袋は息子と長女で見学に行った。長女が、ここはできたばかりで玄関のカウンターなどぴかぴかよ、と言ったが、残念ながらわたしには見えなかった。

西新井大師のそばにある専用マンションも息子の車で見に行き、大師さんにもお参りした。ここの境内はガイドヘルパーと散歩できそうだと思った。大森にあるマンションも見に行った。息子の家から車で十五分くらいということで見に行った。部屋が広く息子は気に入ったようだ。

「これなら子どもたちも自転車で遊びに来られるよ」

と言った。孫が来られると思うと嬉しかった。だが、はじめ息子の家に近いからいいだろうと候補にあげたところだが、嫁がまったく関心を示さなかったので近いところはまずいのではないかと、最初の考えと反対になった。

小人はつまらないことで先へ進めない。理由をはっきりと書けば嫁がすべて知らん顔していることである。近くの老人専用マンションであれば興味を持って見にくるか、あとで電話で様子を聞いてくるかと思ったが何もない。そばに住んでいて、知らん顔されるのもつらいと思ってここはやめることにした。それにそこへ行けば今度は娘たちと距離的に遠くなり、娘たちがこなくなるだろう、と淋しいことを考えた。わたしは愚か者である。

息子の俊一に悪いと思いながら、嫁に対してこころの中のわだかまりが捨て切れない。元々他人なのだから、無言で道の横を通る人でいいのだと自分のこころを納得させているのだが、目の障害が理性を妨げる。

わたしは子どもたちを頼らない強いこころの持ち主になりたいと願いながらも、そうもなれないでぐずついている……。

今年の夏は異常高温の日が続いた。三十五度以上になるのだからたまらない。

風が吹かない。

風が、ぴたっと止まり、風の中に、つり上がったギョロメができて、口から熱風を吹き出すようだ。

以前にはなかったここ数年来の現象だ。

熱中症で救急車で病院へ運ばれる人々が多い。亡くなる人もいる。

先日のラジオのニュースでは、東京の板橋の民家で三姉妹が亡くなっていた。警察の話では、外傷はなく死後三日ほど経っていて、死因は熱中症らしいという。一番上は九十歳、次女は八十六歳、三女は八十二歳、それぞれ結婚していたがみな夫に先立たれ、三人姉妹が集まってひとつ屋根の下に住んでいたという。

姉妹がばらばらに住み疎遠状態になり、それぞれの子どもはいても親に無関心ということが今の社会ではいくらでもあることだから、三人仲良く暮らしていたということは素晴らしいことではないか。熱中症などにかからないようになんとかならなかったものだろうか。

わたしはまだ「最後の家」が見つからないでうろうろしている。もし夫が生きていたら息子にむかって、

「おまえは何をしているのだ」

と言ってくれるかどうか。

だが、決断しなくてはならない時が迫ってくるように感じる。それとも倒れるまで、ケセラセラでいこうか。眠ったふりをしていようか。しかし、それでは一所懸命に生きてきたのに、最後であまりに投げやりではないだろうか。いやいやそれでいいのだ。終焉の地など本人が探せるはずがないのだから……。

姉妹

東京大空襲から七十年が過ぎた。

脳裡の中で雑多な事柄が遠のいたり近づいたりする。

歳月は身の横を滑り抜けて去って行くものらしい。

過ぎてしまった七十年、朝になり夜になり、その間、耐えがたいほどの時間の経過の長さ、短さを味わった。ときには年月の経過の遅さに気も狂わんばかりの思いもした。また逆に時の速さに何もなし得ない自分にいらだった。

だが、七十年の歳月が過ぎ去ったという、どうあがいても元には戻らない、醒めたこころと穏やかなこころが、静かに忍び込んでくる。

歳月は前にしか開いていない。

七十年が長かったか短かったか議論しても始まらない。

もし、わたしに、深くてはてしない青い空を見ることができたら、わたしの七十年間を全部空にぶちあげてしまうのだが……。

わたしは幼いころを思い出して久しぶりに姉の百合へ電話をかける気になった。わたしたちの家も東京大空襲で焼け出されたのであるが、幼かったわたしには燃えた家の記憶がほとんどない。それに引き替え百合はいろいろなことを覚えている。記憶力がいいのだろうか。わたしと百合は性格がかなり違うためか、それとも幼いころ一緒に遊ばなかったせいか、記憶しているものもかなり違うようだ。二つ違いの姉なのに、幼いころから結婚をするころまでわたしと百合は親しい交わりがなかった。それがふつうのことかどうかはわからないが、今、目黒で焼け出された家のことを百合に聞こうかと思っていると、わたしと百合が幼いころに一緒に遊ばなかったことがちょっと不思議に思われてくる。

わたしの癖で、それはなぜか、穴をほじくり回したくなる。引っ張り出した糸を繋がないとなんとなく落ちつかない。小さなことに囚われて、小さな網を張る蜘蛛のようなわたしだ。

母が結核で療養中の姉妹は助け合って留守家庭を守って行くというのが「ふつう」だと思われるが、わたしたちはそうではなかった。むかしのことを忘れているかもしれないので断定的なことは言えないのだが、何気なく思い出され、それがなぜかという疑問が生じ、その背景を考えだした。手編みのセーターの編み方をちょっと失敗して、毛糸を解いてやり直しをするかのように。

それは太平洋戦争で軍人や民間人に何百万という死者が出たことを思えば、余りに小さなことで、書く気分が削がれるというか、申し訳がないのであるが、やはり書いてみよう。高齢になって親子仲良く兄弟仲良くという想いが募ってきたのかもしれない。

幼いころのわたしは外の世界を知らない、考えられない、親の手の平の上で遊んでいるような女の子であった。わたしと百合は年齢が達していなかったため学童疎開を免れ、母の実家へ縁故疎開をした。母の実家は田舎の小さな寺である。

東京大空襲の惨事を直接見ることはなかった。また集団疎開の惨めさにも遭わなかった。学童疎開では食べる物が不足して、そのために同級生の間でも争いが絶えなかったという。百合は田舎の生活はイヤだったようで、東京へ帰りたいと言って母を困らせた。村の学校や田舎にいた従兄弟たちが好きになれなかった。彼らのことを粗野で嫌いだった、と成人してから百合は話した。しかしいじめなどに遭っていたわけではない。わたしたちは祖母や伯父に自然に守られていた。

わたしは百合と違って疎開生活に順応した。珍しい物が多かったので約二年間の疎開生活を楽しく過ごした。

東京においてきた荷物の中で忘れられなかったのがお雛様のことだ。空襲で燃えてしまったことを悲しんだ。戦争が終わってから、一般家庭で雛壇を飾るようになったとき、自分たちのお雛様は空襲で燃えたのだと、いつまでも思い出していた。母が病気で余裕などなかったから、雛壇を改めて買って飾ることなどできなかった。従姉妹のお雛様を見に行っても羨ましく思ったことはなかったが、燃えてしまった記憶の中の内裏様はどこのより「いいお顔」をしていた。

村の学校でも嫌な思い出は何もなかったように思う。村の子どもたちとも年上の従兄弟たちとも遊んだ。それはほとんど男の子で、わたしはおとなしい無口な女の子から、負けん気のある女の子に変貌していったのかもしれない。

よく祖母について周囲の農家の家へ遊びに行った。

農家では馬や牛や豚を飼っていた。馬は広い土間の隅に囲われていて、長い首を伸ばして囲炉裏の周りで食事をしている人間たちを眺めていた。大きな目は優しく、膨らんだ鼻は滑稽であった。

わたしが動物好きになったのは農家で犬や牛馬が人間と一緒に生活している姿を見ていたためであるかもしれない。

わたしは小学校から帰るとひとりで近所の農家へ遊びに行くようになった。

ひとりであちこち眺めて歩いていても、都会の子が、こんにちは、と言うだけで村の人は笑顔を向け、村言葉で短く話しかけてくれるのであった。

「お寺の子だんべ。まちから来たんけ」

わたしに気が向くと村の大人たちに何かと質問をした。彼らからみるとおかしな質問らしかったので、彼らを笑わせた。それらは祖母が村人に慕われていたからであり、母もそこの出身であったためだろう。
七、八歳のわたしが飽かずに眺めていたものがある。歳の暮れの餅つきのときの祖母の「臼取り」の姿である。あねさんかぶりをした祖母は腰を屈め、両手に水をつけ、
「エイ、オウ」

とリズミカルなかけ声をかけて、臼の周りを跳びはねた。男衆が振り落とす杵の間を縫って臼の中の熱い餅を手でひっくり返すのである。

猿がきれいな女に変装して踊っているようであった。

土間の隅には竈（かまど）が勢いよく火を噴いていた。母はつきたての柔らかい餅に黄な粉をまぶして子どもたちに食べさせてくれた。

頬が落ちそうな美味しさであった。

あれは幸福の味であったろう……。

百合はたいてい家の中にいたようで、わたしと一緒に出歩かなかった。時たま父は乗り物

に苦労しながらも東京から疎開先へ来ていた。そのときは、いつも田舎では手に入らない子ども向けの本を持ってきてくれた。百合は本を読んでいたのだろう。わたしは百合が何をしていたか関心がなかった。わたしがそれらの本を興味深く手に取るようになるのは、東京へ引き揚げてから母がいない生活が始まったころからである。

わたしと百合は別の世界に住んでいる子どものようであったが、二人の争いの中で一番多かったのが猫のことではなかったかと思う。

敗戦後わたしたち一家は東京へ引き揚げてきたが、元の目黒ではなく、母の姉が小学校の教師をしている北区であった。

母は伯母を頼っていた。末っ子の母は伯母が迷惑に思っていたなどと考えてもいなかった。だが、母が肺結核という伝染病に罹った後は伯母は頼られるのを迷惑に思っていただろう。わたしと弟は母の留守家庭で、伯母に頼らざるを得ないところがあったので、子どもながら伯母のこころを感じた。

戦後の食糧難のときだ。病気になる前、母は子どもに食べさせる米を借りに行ったりしていた。度重なれば伯母が迷惑に思うのは当然だろう。

伯母には柔らかい微笑がなかった。言葉と顔の表情が硬かった。空襲に遭わなかったのだから、幸運を有り難く思ってもよさそうだったが、そうではないらしかった。あるいは優しさをこころに閉じ込めて表現できない人であったのかもしれない。

戦後は戦死者の出た家族、家を焼かれた家族、引き揚げ者など個人の力ではどうにもならないことで人々は戦っていた。生活に格差が出た。

成人してから姉弟でそんな話が少しだけ出たとき、百合は、

「あたしはいい人だったと思うわ」

とわたしと弟の意見に反対して伯母を擁護した。

伯母は百合を非常識な娘と陰で言っていたが百合はそれを知らなかった。またわたしは母の代理で伯母に借金をしに行った。弟は伯母の家の片隅で夕飯を食べるという体験があった。百合にはそのような体験がなかったから伯母をいい人と言えたのだろう。利害関係がなければ人はみんないい人だと言えるとわたしは学んだ。

父は土地を借りて小さなバラックの家を建てた。戦前戦中に勤めていた会社を辞めて地方公務員になった。大手の民間の会社は敗戦後、どうなるかわからなかったらしい。

父の収入も減り、タンスの中の残っている着物をみんな売って母は米に換えた。しかし栄養のあるものは自分は食べないで子どもたちに与えた。体調を壊してもよくよくになるまで医者に行かなかった。

十年後、母が療養所で亡くなったとき、戦争がなかったら母は結核に罹らなかったのでは

ないかと思った。栄養のない食事と疲れで病気になり、子どもとの別離に苦しんで、かえって病状を悪くして、病院にいて自分の薬代を心配して、快復の望みが消え、苦しみながら死んで逝った母。


わたしは野良猫を拾って飼った。

あるとき、大人の猫が家へ入り込んで出て行かない。

バラックの家は猫にとってどこからでも入り込めたのか、わたしが学校から帰宅するといつも畳の上に寝転んでいた。そしてわたしの帰りを弟と一緒に喜んで迎えるようであった。それでも最初のころは、ここはおまえの家ではない、外へ行って、と抱いて庭へ出したがすぐ戻ってくる。同じことをくりかえして人間の方が根負けしてエサをやった。

それは不思議な猫だった。ここがおれの家だと言っているような、落ち着きのある大人の猫だった。わたしはこの猫がこの家を気に入ったのだと思った。猫がこの家を選んだのだ。

百合は猫を嫌がって、わたしに文句を言った。

「捨てておいで」

わたしは百合の言うことを聞かなかった。百合が泣いてもわめいても平気だった。仕方がなく百合は自分で捨てに行った。最初は近くだったのですぐに戻ってきた。二度目は遠くへ行ったが夜には戻ってきた。

「百合ちゃんより猫の方が頭がいい」

とわたしは猫を抱いた。三度目、百合はかなり遠くまで行って捨ててきた。とうとう猫は戻らなかった。わたしは弟と探しに行ったが無駄だった。百合は、道をいろいろ曲がったから今度は帰れないわ、と得意そうだった。利口な猫だからとこころの中でわたしは待ち続けたが、戻らなかったので死んだのかもしれないと思った。弟は大きな目に涙を浮かべていた。

わたしは猫の帰りを待って百合と口喧嘩をした。敗戦後、間もないころだから猫もご飯に味噌汁をかけてやるだけだった。

野良猫は飼いだすと名前を付けて呼んだ。ノラとかノロとかミイという平凡なものであったが弟はすぐ同調してくれた。夜は布団に入れてやって一緒に寝た。夏は蚊帳を吊ったが、猫は蚊帳へひとりで入れない。出るときは前脚で蚊帳の裾を器用に持ち上げて頭を畳に擦りつけてひとりで出ていった。

大人になって百合に聞いた話では猫は布団を汚して、後始末に大変だったそうだ。片付けるのは百合であったという。わたしは布団を干したり拭いたりした覚えはないから、百合の言う通りだったのだろう。それで百合は猫を目の敵にしたらしい。

後年、絵を始めた百合は、わたしの家へ来てわたしと猫を描いた。わたしは猫の絵を見て下手だと思った。猫に愛情が注がれていない。猫が物体なのだ。百合は猫のあの柔らかいからだをいじくりまわして可愛がったことがない。わたしはこころという言葉をよく使うが、こころはだいたい胸のあたりにあると思っている。こころは人間だけにだけあるのではなく、動物にもあるのだ。まして一緒に暮らしている犬猫にはやはり、こころが胸のあたりにあるように感じる。百合の動物の絵にはこころがないのだ。

百合が中学校へ入るとき、区域の中学校は戦後出来たばかりで、校庭の草むしりや掃除が多く、勉強には熱心ではないと言われた。母は転居届けを出して百合を家から遠いが、古くからある評判のよい中学校へ入れた。それは百合の強い希望であった。わたしは黙って見ていたが、百合は得意そうに楽しそうに通学していた。翌々年、わたしが中学校へ入るときは、転居届けを出す母は病気であった。両親や百合からも中学校の草むしりの話は出なかった。

わたしは近くの中学校へ黙って入学した。母が子どものために動くことができないことがわかっていた。高校入学についてもお金のことで百合は父親と小さな口喧嘩を度々していた。父親がダメだと言っても、百合は自分が必要なお金は何度も粘って父から出してもらった。わたしはそれがとてもイヤだった。早く父親から独立したいと思ったので高校では奨学金をもらった。

そのころになるとわたしの強度近視ははっきりとわかってきたので、父は勉強は目が悪くてはできないと思っていたらしかった。父自身も強度近視で苦労していたから、ことさら父はそう思ったのであろう。

わたしのこころは十分傷ついていたが、それを表に決して出さなかった。目が悪く黒板に書かれた文字が見えないことは事実だったから。

自分が高齢者になったとき、わたしも自己主張をすればよかったと進学についてだけは後悔したことがあったが、そのとき自己を殺したことは、自分の意志であったと思うことができた。欺瞞（ぎまん）であろうか。

百合からみれば、自分の意志をなぜ通さなかったのかということになる。勉強のできる学校へ行きたいのを我慢して病気の母や弟妹たちのために家事を手伝う気持ちは彼女にはなかった。

わたしは歳をとってから百合の自己主張を羨ましく思ったのかもしれない。

わたしが中学生になったころから、夕食の仕度は百合と一週間交代でするようになった。母が入院してからしばらくは父がやり、父の帰りが遅くなってからは百合がするようになった。やがて百合から、

「あけびは何もしないで遊んでばかりいる」

という苦情があって、わたしもするようになった。姉妹で一緒に作ったり、教えて貰った記憶はない。百合は器用でおかずも母を真似て上手にできたかもしれない。わたしはそういうことに今もあのころもあまり関心がなかった。

学校から帰ると魚屋と八百屋へ買物に行った。いつも魚と野菜と味噌汁にご飯であった。小学校で習った五大栄養素の表を頭に浮かべて食事の仕度をした。近所の八百屋のおじさんが子どものわたしに傷んだトマトを混ぜてくれることを知った。あのころはトマトなどは一山いくらで売っていた。見えない方へ痛みかけた野菜が置かれていたが子どもには気が付かない。

わたしが一番したのは母との連絡、弟の世話、親戚とのつきあいなどであったろう。百合は親戚などのつきあいを嫌った。

百合は晩婚で、わたしが結婚して子どもが生まれてからは、わたしたちは親しくつきあうようになった。百合はわたしの子どもたちを可愛がった。百合の夫は出版社に勤めていたの

で、そこで出版される幼児、各学年向きの雑誌や新しい玩具を送ってきた。子どもたちは、おばちゃん、と百合を呼んでいたが、わたしの真似をして時々「百合ちゃん」と呼んだ。百合はその名前を呼ぶ万を喜んだ。

百合が帝王切開で子どもを産んだときわたしは付き添った。男児を無事出産したとき、百合は弱々しい声でわたしに聞いた。

「どこも悪くない？　指は五本ある？」

そのときほど可愛らしい百合を見たことはない。わたしは三人の子どもを産んだとき指が五本あるかなどと心配したことはない。赤児が生まれたとき、医者が新生児にすぐ目薬を注したかどうかを心配した。生まれた直後に「目薬」を点眼すると目にいいと聞いていた。ただ医者から仕入れたきちんとした知識ではない。目薬の名前も知らなかった。

初老期になったころ、わたしと百合はメールで喧嘩した。数回のメールのやりとりで終わった。

「自己中心」

とわたしは百合を非難した。百合からはすぐ返事がきた。

「自己中心でどこが悪い。あたしは自己中心の人が好きです。あたしは人がどうなろうと関心がありません。人のことなんかまったく興味がない。その代わり、自分が人から何を言われても、どう思われても平気です。あたしは人のことをいろいろ言う人は嫌いです」

というようなものであった。

原因はどのようなことだったか忘れたが、たぶん弟のことであったように思う。弟のことで百合が何か非難めいたことを言った。それをわたしが弟を弁護して百合を非難したのかもしれない。弟はそのようなことは何も知らされないで終わった。いわばわたしのお節介であった。

そのメールのやりとりの後、半年ぐらいわたしと百合は接触することがなかったが、やがてどちらからともなく電話をかけるようになった。わたしの方から最初に電話をかけたように思う。しかしその自己中心問題にはどちらも触れなかった。考えればばかばかしいことでもあり、また少々議論しても互いに相手は変わらないことがわかっていたからだろう。それに自己中心性とエゴイズムが混同した議論のようになっていた。

埼玉にある国立結核療養所で、早朝に母の「愛」が亡くなった。五時ごろ、付き添っていた祖母から「アイ死ス」の電報がきたとき、わたしはすぐ家を飛び出した。家で一番先に電報を受け取ったのはわたしである。

わたしは泣きながら駅へ走っていた。池袋駅で私鉄に乗り換えた。早朝で車内は空いていた。わたしは座席に腰掛け泣き続けた。

ふと郊外の空気を感じたとき百合を思い出した。車両の連結のところが開いていて、百合が隣の車両に座っているのがわかった。目の悪いわたしより百合の方がわたしが見えたはずだが、わたしたちは席を立って傍へ行こうとはしなかった。別々のところで悲しみを悲しんだ。

療養所のある駅を降りて病室へ走った。まだ間に合うように思っていた。道端に痩せたコスモスが風もないのに倒れそうに揺れていた。

病室で悲嘆にくれる祖母に迎え入れられ、やがて数電車遅れて父が弟を連れてきた。まだ十代の弟はただ呆然として目を見開いていた。

死はどうにもならない別離であった。

母は煩悩から解放された。だが母は煩悩を最愛の者たちに遺して逝った。わたしと弟は母から煩悩を多く受け取ったように思う。

百合とわたしは母の死を互いに悲しみ合うことはなかったように思う。しかし姉妹仲良くというのが亡くなった母の願いであった。

百合は結婚するときわたしのところへひとりでやってきて、

「あけび、あたしをあんたの妹ということにしてくれない。彼はかなり年下なので本当の事を言いたくないの」

と言った。わたしは入籍するころまでの話かと思って気軽に承知した。ところが婚姻届けなどの書類は彼は一切百合任せだったのか、百合のごまかしにまったく気が付かなかった。百合はわたしを「あけびちゃん」とか「あけびさん」とか呼ぶようになった。彼はわたしを「おねえさん」と呼んで、驚いたことに、それは高齢になっても続いた。

彼の両親が郷里の広島から出てきてわたしの家へ挨拶にきたとき、彼の母親はわたしの顔を見て開口一番に言った。

「まあ、お若いお姉さん」

わたしは訂正する機会を失い、微笑んで挨拶するより仕方がなかった。

中高年になったとき百合とわたしは二人でバージニアに住んでいる従兄弟を訪ねた。一度も逢ったことのない従兄弟夫妻だが、いつからか彼らの消息がわかって、わたしは文通をするようになっていた。家族写真なども交換しあった。百合は手紙など出したことはなかったのだが、渡米することにわたしより積極的になった。

わたしと百合と二人で行く外国は初めてであった。

往きの成田でゲート近くで二人で座っていると、百合が黙っていなくなった。トイレだろうと思って待っていると小一時間経っても戻ってこない。わたしは心配になってトイレを見に行き、ついに呼び出しをかけた。慌てて戻ってくるかと思ったが百合は来なかった。

やがて、搭乗する飛行機やゲート番号の案内がアナウンスされた。定刻よりかなり遅れていた。すると百合はゆっくりと姿を現した。あちこち見て回っていたという。

「呼び出ししたでしょう?」

とわたしはやや咎める口調で言った。

「聞こえたけれど同じ飛行機に乗るのだから、最終的にはここへくればいいと思って」

と百合はあっさりと言った。

その通りだった。チケットはそれぞれ持っている。心配した自分がばかばかしくなった。

しかし百合はゲートの行列に並んで自分の番がくるとパスポートがないと騒ぎだした。もちろん手荷物のバッグの中に入っていたのだが騒ぎが大きい。そして出るときもやった。

すぐ出せるようにしておいて、とわたしが言ってもろくな返事をしないで帰国のときも、パスポートがないとバッグをひっくり返して騒いだ。出国と入国と二度ずつである。どうしてそうなるのかわたしには理解できない。しかし、わたしは八十歳近くになってそういう人もいるのだと理解できるようになった。自分とまったく違ういろいろな人間がいるのだと。従兄弟は若いとき渡米して、今ではしっかりと異国で一家を構えていた。わたしたちを血のつながった親戚として暖かく迎え入れてくれた。従兄弟の方でも暖かい血がつながった親戚が欲しかったのであろう。

夜の雑談のひとときに、百合の夫にはわたしが百合の姉になっているという話を笑いながらした。すると、従兄弟は急に真面目な顔をした。

「ぼくはそういうことは大嫌いです。家族の中でごまかしがあるなんて」

日系一世である彼の両親は太平洋戦争のとき、アメリカで日本人強制収容所へ入れられた人たちである。昭和も終わりごろになって彼らは豊かな暮らしをしているようだが、ここに至るまでの厳しさが従兄弟の口調で察せられた。

百合はどう思ったかわからないが、わたしはこの問題を改めて考えることにした。だが百合は何も言わないので、そのままになってしまった。わたしは他人から見て、わたしの方が外見上、歳を取っているように見えないか、と内心危惧していた。だが、外国にいる従兄弟夫妻がわたしが聞かないのに、

「あけびさんの方がずっと若い」

と言ってくれたのでわたしはそれで満足してしまったらしい。

百合は、正月になるとわたしの家へ数日泊まりにきて、わたしの子どもたちにお年玉や図書カードなどをプレゼントして、百合ちゃんと呼ばれて喜んでいた時期があった。

それは百合の夫が夏の休暇と正月に郷里の広島へ帰っていたからである。百合は一緒に自然美のあふれる夫の郷里へ行こうとしなかった。そこは美しい海の自然と人情があった。百合は子どものころ疎開した田舎を嫌ったように瀬戸内の自然や人間味を嫌った。広島の鯛は美味しく、わたしの家へ送られてきたみかんは夏みかんほどの大きさがあった。夏は裸足で海へ入り、捕ってきた魚を夕食の膳に載せたという。

百合は夫の母親に、

「お義母さんが病気になっても、島で一緒に暮らしません。介護もしません」

とはっきりと言ったという。

本人の口から聞いた。老後の病気や孤独がまだ理解できない歳のころであったろうか。

百合の夫は母親の晩年のころはまだ勤めをしていたが、新幹線で親の介護のために横浜と郷里を往復した。百合はまだ協力できる歳だったが、夫に一度も協力しないですませたという。

定年後、百合の夫は翻訳のアルバイトをしながら、からだのあちこちの不調を訴えだした百合の介護をした。夫が年下ということは高齢者夫婦にとって都合がいいことが、百合夫婦

を見ていてよくわかった。わたしの友だちで百合に会ったことがない人で、

「お姉さんは若いとき美人だったのでしょう。そんな年下で一流の大学を出た人と結婚できたのですもの」

と言った人がいる。それは大間違いの見当違いで、百合は若いときから今に至るまで美人でもなく、女性的あるいは人間的な魅力があるわけでもなかった。相手が外見上の容貌にまったく気が付かない男であったのだ、とわたしは思っている。争いのない家庭に育ち、性格が元々優しく、学問しか目に入らない、妻のヒステリーには無言か小さい声で答える、というような男が世の中にはいるのだ。

夫婦の結びつきは、傍からは窺い知れない。不思議なものだ。

思い出したことがある。随分むかしのことになるが、百合は顔の整形手術を二ヶ所した。今ではそれは何でもないことかもしれないが当時は驚いた。百合は進んでいてわたしは保守的なのだろうか。整形手術の費用を百合はわたしに借りにきたように思うが定かではない。そして三、四十年も経てば事実は忘れ消えていく。忘れられた過去はどうということもない。

わたしと百合は携帯電話だけのつきあいになった。しかも百合はつっかえつっかえ言葉を話すようになった。認知症が始まり、持病のパーキンソンの影響だと本人は言う。だがこころのどこかでわたしは密かに思ってしまう。百合はなかなか頭がしっかりとしていて、半病

人を装うことが楽だと思い込んで演技しているうちに本当の半病人になってしまったのではないだろうか、と。もちろん、はっきりと意識していたわけではないと思うが、内臓の病気に何もないそうだから……。

百合は誇らしく言った。

「あたしは病人なの。労わられて当然。病人だから自分では何もできません。車椅子に乗るのに時間がかかるのにイヤな顔をする人がいるけど、そういう人、あたし大嫌いよ」

百合は体調が比較的よいときは電話をかけてこない。悪いときにかけてきて、どもり、秘密めいて、初めて話すように言う。

「あたし、もうすぐ死ぬかもしれない」

そこで言葉を切ってわたしの反応を窺うようである。だがわたしは百合の期待通りには答えない。

「そうねえ、人間だれでも死ぬからねえ」

そして暫く間をおいていつも同じことを答える。

「大丈夫よ。わたしより絶対百合ちゃんは長生きするから」

本心である。すると百合は、

「あけびさんより長生きできるなら嬉しいわ。あたし長生きしたいの」

と嬉しそうな声を出す。わたしには、百合があけびの生き血を吸っても生き延びるぞ、と言っているように聞こえる。

「百合ちゃんのような人は簡単に死なないわ」

わたしはやや皮肉を込めて言うが、そのような微妙な言い回しに百合は無頓着だ。

百合は「息子命」と、ひとり息子を育てた。溺愛の中でもひとり息子は登校拒否にも陥らず、家庭内暴力も起こさず、素直で明るい青年に育った。

「同窓会で、最近孫の話をする人が多いけど、あたしそんな人、大嫌いよ」

百合はよく言っていたが、自分に孫が生まれると「孫命」に変わった。その変わり方が極端で、孫のいない人にでも平気で孫自慢をする。

孫が小学校入学するまで生きていたい、と口癖のように言い出した。孫が小学校へ入学すると、卒業するまで、とエスカレートしていく。

もちろんそれはだれでも持っている情というものであろう。

「あけびさんがあたしのこと、長生きするって言ってくれるから嬉しいわ。あたしいつまでも生きていたいの。孫が大学出て、結婚して……」

百合は少しはにかんだように言う。そしてこれもはにかんだような笑い声を小さくたてる。欲望は果てしない。

百合の命への執着は、まだそのときがきていないのに、そのときが眼前に迫ってきているようにパニックに陥ることである。

正直者なのだろうか。

わたしはこの執着の強さにおいて、百合に負けるといつも思う。

わたしのように、ここまで来たのだからもういいかな、というような冷めた気持ちは百合にないようだ。

しかし、わたしはここまで書いてきて今まで気が付かなかったことを気が付いた。それは百合が欲しがるものをわたしが当たり前に持っていることだ。

百合のパーキンソンは軽症らしい。認知症も本人が言うほど認められない。病名をつけるのに、医者は結局「高齢のため」という。

わたしたちは自然に行動的ではなくなって旅行など行かなくなった。わたしが急速に目が悪くなったせいもある。

最近のことである。百合は自宅から救急車を度々呼んだので断られたことがあるという。本人は死ぬかもしれないというパニック状態にあったようだ。

「だって、いつでも呼んでいいと思うわ。救急隊員は仕事だし、あたしたちは税金を払っているんだもの」

などと体調の良いときにうそぶいた。

七十歳になったころはわたしの家には勿論、好きな絵画展にもひとりでは出かけられなくなった。

八十歳近くになった現在では、家の中を歩くのも大変のようで、外では車椅子に乗っているようになった。

泣き言を電話口で言われると可哀想にならないこともないが、とにかく歩けないの一点張りで、周りの人たちのためにも一歩でも自力で歩かなければ、という前向きの気持ちはない。

あるとき救急車で病院へ行った。入院して全身を検査することになった。頭から足までMRIなどで検査したが、医者はどこも悪いところは見つからないと言ったそうだ。病名らしい病名が付かずに、歩行訓練のリハビリをやり、五日間の入院で帰された。

退院の日、百合は病院から電話をかけてきた。

「入院するときは生きて帰れないと思ったけど……」

「だれも百合ちゃんが死ぬなんて思わなかったわよ」

電波の向こうに百合のにやにやした顔が見える。足のどこが痛かったのか、「死ぬ死ぬ」と騒いで夫に救急車を呼ばせ、病院のベッドで睡眠薬を注射されおとなしくなった。病院では周りにちやほやされ、検査を十分に受けて結果は悪いところはなく、百合は満足したのであろうか。頭がおかしいと思われないのが不思議である。

「だって、生きて帰れるのだから嬉しいわ。孫の顔がまた見られる。目が大きく澄んでいてまつ毛がこう、長くカールしていて、お人形のような目でとても可愛らしいの。こんな愛らしい子、見たことないわ。ウフフウフフ……」

百合の声はやや誇らしげに響いた。

わたしのこころに、ふと疑いが走って消えた。それは、わたしの目はまつ毛などという細かいものどころか、子どもの顔さえ見えない。百合はそれを承知していてことさらまつ毛の話をしたのではないか、ということである。

百合は自分の体調が悪いことばかり話すが、わたしのことを聞いたことはない。わたしの目について同情を示すとか、何か手をさしだすような言動はまったくない。かわいそうで言葉に出せないということだろうか。いや関心がないのだ。人のことは忘れているのだ。

百合の夫に話したことがある。

「百合ちゃんに少し前向きの歩く努力をさせないと、本人もあなたも先に行って、ますますたいへんでしょう」

彼は諦めたように百合を庇(かば)って答えた。

「今まで自分の好きなことしかしないできた人だから、いまさら言うことをきかせようとしても無理なんですよ」

わたしは夫が承知しているのであれば何も口を出すことはないと思った。

この夫が万一先に逝くことがあれば百合の暮らしは数日も成り立たない。それは百合も承知していて、

「お父さんには感謝しています。元気で長生きして欲しい」

その言葉は自分の身を考えてのことに思える。相手のことは考えないで全身で寄りかかれるのは、相手をまったく信用しているのか、まったくのエゴか、よくわからない。

わたしは目の悪性の遺伝子がわたしの体内に伝わらないで、百合に遺伝してもよかったのではないか。神様は失明という苦しみを百合に与えてもよかったのではないか、とわたしの夫が短い患い（わずら）で亡くなったあと、そう思うようになった。

「もしもし、今日は百合ちゃんと東京大空襲の話をしようと思って電話したのよ」

わたしは携帯電話を口元に近づけて言った。百合が電話の声が聞こえなくなったと言い出したからである。

わたしと百合は携帯電話が出始めたころから東京と横浜で使っている。携帯ならおトイレ

の中でもベッドでも話ができるから便利よ、と百合が言い出したので、わたしも携帯電話になった。

「そう、東京大空襲ねえ。三月十日は下町が燃えたの。うちは目黒で、空襲に遭ったのは五月よ」

百合は少し考えているようだったが、いつもよりはっきりとした言葉で話しだした。

「おばあちゃんは疎開しなかったのよ。お父さんと東京に残った。たまたまお父さんは会社の出張で、釜石へ行った、その留守に空襲があったの」

わたしは父方の明治生まれの祖母が嫁の実家に疎開することなど、その誇りがゆるさなかったであろうと思った。母は嫁いびりされて弟を負ぶって度々実家の田舎へ泣いて帰っていたという。

父の郷里は岐阜だったが身内はだれもいなくなっていた。

「おばあちゃんは空襲の火に追われてひとりで死んだのよ。あたしたちも疎開していなかったら焼け死んでいたと思うわ」

百合はボケ始めた老人とは思えない口調ではっきりと話し始めた。そして、わたしが知っていることも知らないことも、お構いなしに話を続けた。

「あそこらへんは高い石塀が並んでいたから、逃げるとき塀が倒れてきて押し潰されたのではないかって、隣の家の人が言っていたわ。隣が逃げるときおばあちゃんに声をかけたけど、あたしこの家と一緒に死にますって、おばあちゃんは動かなかったそうよ。仏壇の前で黒い着物を着て。でもね、火がまわってきて、結局逃げたのね。ひとりでどこへ逃げればよいのかわからなかったでしょう。怖いもの、当たり前よ。あたしたちも疎開していなかったら焼け死んだと思うわ」

百合は最後に同じ言葉を繰り返した。

わたしは火炎に追いかけ回される自分たちの姿を想像した。子どもたちは頭の尖った防空頭巾を被り、母に手を引かれ逃げ惑う。母の背には弟がくくりつけられている。わたしたちは泣き叫ぶ。火は風のように、ぐるぐると回って追いかけてくる。

空襲は年寄りや女子どもなど武器を持たない民間人を飛行機の上から爆弾を落として殺傷する。敵とはいえ同じ人間である。彼らも夫であり父であり息子である。だが、命令を受けるとひとりの人間が悪魔に変貌する。世界中のあちこちで悪魔が生まれ増え続けている。悪魔に対抗するものは何か。悪魔にならない方法は何か……。

父方の祖母が強度近視であったらしいことはわたしはそれとなく知っていた。わたしにとってなじみのないこの祖母から、わたしは良いも悪いも、その血から何物かを引き継いでいるのではないかとふと思った。母方の祖母がわたしは好きだったが、空襲の火に追われてひとり亡くなったと思えば、顔も思い出さない父方の祖母であるが胸が痛む。

百合の話だと、この祖母は武士の出であることを誇りにしていたとか、寝物語に昔話を聞かせて貰ったとか、いろいろあったが、その物語は大人になって思い出してみると、『今昔物語』の中から取ったものではないかと思うと百合は言った。

「おばあちゃんは教養があったのよ」

百合は敗戦後、ひとりで焼けた家の跡を訪ねたという。高校生のときで、小学校低学年の記憶を辿って探した。燃えた家の番地と小学校の名前を覚えていたので探し当てることができた。それはわたしは初めて聞く話であった。

自分の住んでいたところは変わってしまってわからなかったという。隣家の名前の表札を探しあて、その門を百合はくぐった。そして祖母の最後の様子を聞いた。

隣家は幼い百合が度々遊びに行っていた家で、百合を気に入って、養女に欲しいと言ってきていた家だそうだ。当時、母は即座に断ったという。

当時もその後も長いこと、わたしはそのことを知らなかった。百合は中学生から高校生になったころ、病気の母に反抗した。後に母は密かにわたしに言った。

「百合をあのときお隣に上げてしまえばよかった」

百合としても貧しい暮らしから抜け出すには、金持ちに貰われていた方がよかったと思ったことだろう。

百合が高校生のころ田舎の伯父が亡くなった。わたしたちが疎開していた母の実家である。告別式で、そのとき、百合は喪服を着るのを嫌がった。

「葬式に黒を着るという決まりはないわ。あたしは気持ちが楽しくなるように、明るい服を着るわ」

と百合は頑固に自分の意志を曲げなかった。療養中の母があとでそれを聞いて嘆いた。

「母親がそばにいないと、そんな非常識な娘になるものか……」

わたしの娘の結婚式でも場違いの突飛な服を着てきた。それは百合の形式には囚われないという自己主張であったようだ。しかしわたしの娘を可愛がっていたから、娘の立場を考慮して田舎の親戚のために常識的な服装にするかと思ったが、そうではなかった。やはり自分の考えを通すことが一番大切のようであった。

もし、わたしたちが百合の服装について少しでも非難がましい態度を取ったら、

「これがあたしを一番美しく見せる服なのよ」

と来客の中で叫ぶのではないかと、わたしはこころの中で心配した。相手の一番困る方法で百合が騒ぎを起こすことをわたしはなんとなくわかってきていた。それでわたしは、百合

が頭がいいと思うようになっていたのではないかと思う。

百合は携帯電話を持ち替えたようだ。

わたしは自分が知っていることに口を出そうとしたが、百合は人の話に耳を傾けなかった。あくまでマイペースで話を続けた。わたしはふと百合が部屋のどこに座って携帯を握っているのだろうかと、百合の姿を想像した。

ベッドに寝そべっているのだろうか。

「あたし、むかしの家、駅からの道順よく覚えているわ。駅から左へ行くと小さなステキな公園。バラが植えてあるの。駅前の広場を右に行くとこぢんまりとした小さな商店街で、そこを通り越したら右へ曲がるの。だんだん静かな住宅街に入るわ。あたし、田舎の帰り、駅前から馬車に乗って家まで帰ったの、覚えているわ。お母さんが疲れて馬車に乗ったのよ。あたし、七十年前の、小学校の名前も担任の名前も覚えているわ」

百合はしばらく黙った。それから突然わたしの名を呼んだ。

「あけび……」

返事をしようと思ったが百合は返事を求めているのではなかった。わたしはすぐそのことに気付いたので黙った。百合は結婚するまでわたしの名を呼び捨てであった。

もう五十年にもなるだろうか。

「あけび、あんたは小さいとき、あたしの学校のお友だちが家に遊びにくると嫌がって、お友だちをいじめたのよ。意地悪したのよ。それでお友だちは家に遊びにこなくなった。あたしも呼ぶのをやめたのよ」

わたしは驚いて言った。

「何、それ……」

わたしにそのような記憶はまったくない。身に覚えがないことを言われて抗議しようと思ったが、百合はわたしに口を入れさせなかった。

「あたし、よく覚えているわよ」

咄嗟に言葉が出ないでいると百合は別のことも言った。

「あんたはこころの底であたしをバカにしている、軽蔑している」

「軽蔑なんて、そんなことないわよ」

とわたしは慌てて言った。あるいはそうかも知れないと、こころの底で思ったような気もする。

百合は突然携帯電話を切ってしまった。わたしはかなりのショックを受けた。電話をかけ直して、細かい事情を聞き返したいと思った。わたしがいじめをしたってどういうことなの。そんなの嘘でしょう。まして、年上の子を……。

携帯電話のボタンを押しかけてわたしは手を止めた。すぐにかけない方がいいような気がした。携帯を暫く眺めていたがテーブルに置いた。

携帯に付けている小さな鈴がチリンと鳴った。

電話をかけても百合は出ないような気がした。

わたしは七十年前を思い出そうとした。しかしいくら考えても何も出てこない。何もないところから何かをつかみだそうとしているように思えた。

戦争は怖い。戦争を無くさなくてはいけない……、そんな言葉が脳の中で回り出した。

百合がまるっきりデタラメを言うとは思えなかった。

ずっと考え続けることは無駄ではないようで、真夜中、眠りにつこうとする直前にわたしの脳の中に一葉の白黒写真が泳いだ。それは疎開して戦火を免れたアルバムの中の正月用の家族写真の一枚である。目が見えたころはよく眺めた。セピア色に変色したそれはもうわたしの目には見えないが脳裡に焼き付いている。

父はいわゆる新しもの好きで、戦争が始まったころも新しい写真機や蓄音機などを持っていた。その写真は父が撮影したもので、三脚の上にカメラを置き、シャッターを切って母の隣へ急いで走った。わたしはその父の動きとシャッターの長いひもを覚えているような気がする。

前列に百合と知らない女の子とわたしが立っていた。後列に恰幅のよい和服の父、その隣に赤児の弟を抱いた和服の母。弟は紋付きの着物で上に長いケープを紐で結んでかけていた。母の顔は三人目で男児を挙げたことで誇らしそうであった。少し間をおいて小さな髷（まげ）を結ったいかめしい顔の老婆、父方の祖母である。

前列の子どもたちに楽しそうな雰囲気はない。むかしは写真を撮るのに緊張したのであろうか。左端の百合と真ん中の女の子は洋服で、リボンの付いたワンピースを着ていた。右のわたしは振り袖の晴れ着である。胸元の襟を小さくきちんと合わせていた。

わたしに覚えはないが祖母の着付けであろう。やや俯（うつむ）き加減で、両手で持ったハンカチを見つめている。

この写真を見る度に思っていた。

「この子はだれだろう？」

近所の子が入っているのかと思っていた。父はカメラが楽しくて遊びに来た子どもに、お入り、と言ったのだろうと。

しかしこの子が百合の友だちだったのに違いない。わたしの永年の疑問が解けたのだ。これがわたしがいじめた子なのだろうか。百合やわたしより背が低い。

わたしにまったく記憶がない。写真だけだ。

たぶんわたしは、祖母や母や生まれて半年の弟がいい着物を着て入る家族写真に、よその子が入ったのが気に入らなかったのではないだろうか。

高齢になってもあるような、狭量な性格を幼いころからわたしは持っていたのかと、苦々しいものが胸から出てきた。

祖母に着せられた着物姿のわたしはプライドの高い日本人形のようであった。

今のわたしはだれでも、一緒に入って撮ろう、と声をかけるような人間に変わっていると思うのだが。もっとも視覚障害者は写った写真が見えないから写真を撮られることを嫌う。もしかするとあの子は空襲で亡くなったのではないかと考え始めた。両親と離れてしまって、泣き叫んで、この写真のように他人の中にひとりでいて、火に追いかけられて黒焦げに……。

真夜中を過ぎてもわたしは眠れないでむかしのことを想い出していた。

母が結核療養所から一時帰宅したときのことが過去から浮かび上がってきた。百合とわたしは高校生になっていた。

部屋で母と百合が話していた。母が百合を叱っている。母の声はだんだん大きくなり涙声になった。鼻をすする音、「百合っ」という母の切り詰めた声、新聞紙を棒に丸める音、やがて母はよろよろと立ち上がった。丸めた新聞紙で百合を叩こうとした。よれよれの古新聞紙の棒がどれだけ娘のこころを打つことができるのか。百合の声はまったく聞こえない。百合は廊下の突き当たりにあるトイレの中に逃げた。部屋は静かになった。

そのとき、おとなしい少年の弟はどこにいたのだろうかと今になって思う。きっと部屋の隅で事の成り行きを、目を見張って見つめていたのではないか。

やがて母がトイレの前の廊下に座り、薄いドアをトントンとたたいて、泣き叫んでいた。

「こんなに頼んでも聞いてくれない。そんな娘におまえがなったのはあたしの責任だ。病気したあたしが悪い。おまえを殺してあたしも死にたい……」

母はやせ細った腕をドアから離して泣き崩れた。

原因が何か、そのときもよくわからなかった。

百合は必死で中からドアを押さえているようであるが声を立てなかった。わたしも息をのんで言葉は出なかった。母は泣き泣き病床へ戻った。上向きに寝て両手で目を押さえていた。指の隙間から涙が流れ落ちた。

百合がいつトイレから出たのか気が付かなかった。ただ百合は騒ぎの元となったことを譲らなかった、というより母が譲歩したようである。

その出来事はだれの口にも上らなかった。だが、わたしは何かのときに思い出すことがあった。おまえを殺してあたしも死にたい、こころの中にはそのような考えがまったくないのに、唇から突き出された激しい言葉。あの激しさが母の病状を悪くしていったのではないだろうか。

あのとき母をあれほど悲しませても百合が手に入れようとしたものは、今の豊かな時代であれば、簡単に手に入るものではなかったか。いい服が欲しいとか新しい靴が欲しいとか、まさかそのようなことのために百合が母を悲しませたとは思えない。

大学進学を諦めるように言われたのであろうか。母は百合の進学をとめて、弟の進学資金を捻出することを考えたかもしれないが、わたしはよくわからない。

百合は母のことをむかしを振り返って言ったことがある。

「お母さんはお寺の末娘で可愛がって育てられたから、わがままなところがあったのよ」

そして父のことを、

「わたしを可愛がってくれて、本屋さんへ連れて行ってくれたり、お勉強の道具を買ってくれた」

と言った。

わたしは母が亡くなってから十年も二十年も母の夢を見てきた人で、祖母もまた母のことを四人の子どもたちの中で一番こころが優しい娘だった、と母を恋しがっていたので、母をそのようにみる人がいたのに驚いた。

時は人間をみつ編みにして流れて行く。
記憶はボロボロと落ちていく。
これから楽しいことがあるのだろうか。
余生を楽しく暮らしていきたい。
どうやって楽しいことを作り出せばいいのだろうか。
楽しく暮らすことがわたしの義務のようにふっと感じる……。

時のさかい

ベランダで今年初めてヒグラシの鳴き声を聞いた。

「カナカナ」

夕方である。わたしの脳裡に山間から暗闇が広がってくるような寂寥(せきりょう)感が浮かぶ。

「カナカナ」

遠くからわたしのこころを呼び込むような哀調の籠もった鳴き声である。

あたりに静寂が漂う。

ヒグラシの鳴き声は老境に入った者たちのこころを鷲(わし)づかみにするようだ。二度ほど高らかに澄んだ声で鳴き、あとがぴたりと途絶える。期待して待っていても次の鳴き声はない。その無音の時が老いたこころを騒がせる。

鳴き声が途絶えればあたりは闇に落ちる……。

電話が鳴った。なにげなく、湯飲みを取り上げるように受話器を取った。頭の中は日常茶飯事のものが詰まっていただけであった。

「もしもし、深田あけびさんのお宅ですか？」

男の声は尋ねた。

「ええ、わたしひとりです」

わたしはその声がだれだかすぐにわかったので、言葉を省略して答えた。

十年ぶりか、いや、二十年に近い……。

男は用心深く一秒か二秒黙ってから名乗った。

「武上です」

わたしは黙ったまま、こころの中で素早く考えを巡らした。この電話番号は引っ越しをして番号を変えたとき、わたしが教えたのだろうか。いや、元あるいは現弁護士の彼にとって電話番号を調べるくらいなんでもないことかもしれない。

武上は端的に言った。

「君のところを訪ねたいと思っている。日時などすべて君の都合に合わせます」

わたしが都合の良い日時を考えていると、彼はわたしがためらっているのかと思ったらしく、少し慌てたように追加した。

「もちろん、お子さんがいるときでもいい。君は元気だろうか……」

わたしたちはやや固い口調のまま日時を打ち合わせた。わたしのこころの内には当然迷いがあった。

逢うか、逢わないか。

迷いだしたら結論の出ない迷い。時間の経過とともに深まる迷い。

武上はすべてを払拭して感情抜きに話を進めているように感じられる。電話を切る前にひとこと言った。

「歳を取った」

わたしは返事をしないで電話を切った。そんなこと当たり前ではないか。年月が経てば歳をとる。わたしは久しぶりのことだったが彼の顔を想像した。小じわが多く、頭は禿げかかっている。顔やその肉体すべてに老醜がにじみ出ている。彼の老いを強調して考えた。

わたしが目がほとんど見えないことは、彼の老醜が見えないので幸運ではないか。咄嗟に自分を卑下した考えが浮かんだ。

彼に最後に逢ったときはわたしは視覚障害者ではなかった。まだ若さもあった。

その後、わたしの目は少しずつ視力を失い、視野をせばめ、色彩が薄れ、夜の蛍光灯に異常なまぶしさを感じるようになっていた。目は日々、暗闇に突進していた。たぶん、老いもそれに並行して。

ベランダへ出た。

ヒグラシはどの樹木にいるのかわからないが、その日も澄んだ声で鳴いた。どこか遠い樹にとまっているようだ。

地上に出てきて何日目の蟬なのだろうか。あと何日の命なのだろうか。蟬はほんとうに地上に七日しか生きないのだろうか。

武上は何か命に関わるような大病を持っていることはないだろうか。たとえば癌の末期とか。長いこと逢っていないのだからその間、何かあってもおかしい歳ではない。

約束した日の前日、武上から電話が入った。

「今、いいだろうか」

「はい、大丈夫です。だれもいません」

「君は忘れていると思うけど、この前、君に逢ったとき、この前と言っても、だいぶ前のことだが、そのときぼくは言った。歳を取ったら必ず君を訪ねようと思っているって」

「ええ、覚えています。ずいぶんむかしのことだけど」

「そうか。覚えているなら、それならいい。それで、あした約束を果たすためにぼくは行こうと思っています。ずいぶん年月が経ってしまったけど」

「それはそれは、わざわざご苦労様。でも約束はしなかったわ。ただあなたがそう言っただけ」

わたしは少し声をたてて笑った。

声にゆとりがにじんでいたかもしれない。

武上は電話口の向こうで照れ笑いをしたようだ。

あれは何十年前のことだろうか。武上の妻もわたしの夫も生きていた。二人とも元気でいた。わたしが十七歳のとき彼と別れてから十五年あまりの歳月を経て、初めて再会したときだ。わたしは三十代になっていた。ハチ公の鼻の方で待ち合わせた。

渋谷駅から少し離れた喫茶店へ行った。土曜日の午後であった。彼は昨夜友人が自宅に訪ねてきて、遅くまで酒を飲んだので今朝は寝坊した、というような話をした。妻のことには触れなかったが、

「朝寝して寝床の中で君のことを考えていた」

と言った。

喫茶店は透明な窓ガラスが大きく広がっていて店内を広々と明るくみせていたが、席は全部ふさがっていた。

わたしの席から道行く人々の足許が見えた。磨かれた男と女の靴の間に赤や黄色の木の葉が絡みつくように小さく踊っていた。あの靴たちはどこへ行くのだろう。靴はどこで、脱がれて並ぶのだろう。

あのとき武上は言った。

「歳を取ったら君を訪ねようとずっと思っていた」

「すると老人になるまで逢えないと思っていらしたのね」

「いや、そうではない。しかし、そういうこともありうる」

わたしはそのころコンタクトレンズを嵌めていた。彼の目の下に小さなほくろがあるのが見えた。笑顔でそれを見つめた。子どものころから強度近視だったわたしはコンタクトレンズという医療補助具の出現によって、彼のほくろを発見することができた。

「しかし、君はもう人の奥さんだ。もっと丁寧な言葉を使わなくてはいけないね」

わたしは黙ってハンドバッグから名刺を取り出し彼の前へ出した。人の奥さんだという彼の言葉の意味をこころの中で探りながら。

「小さな会社で経理の仕事をしています」

武上は内ポケットから自分の名刺を出してわたしにくれた。わたしはそれを見て彼は若いときの希望を果たしたのだと、やや取り残されたような気持ちを抱いた。彼は若いとき、未来の抱負をわたしに語ったものだ。その理想をまだ持っているのだろうか。

わたしはそのとき以来、彼に劣等感のようなもの、屈折した想いをこころの底に抱いた。彼の感化を受けていたわたしは弁護士になる勉強をしたいと少女時代こころ密かに思ったが、だれにも口に出して言わなかったし、それが実現不可能な望みであることが、わたしには明白にわかっていた。家庭の事情など持ち出すことなどしなくても、一番にわたしの意志が脆弱(ぜいじゃく)であり、実力がなかった。

わたしは明るい口調で言った。

「おじいさんがおばあさんの家に、なんて言って訪ねてくるの」

「そうだな」

彼はちょっと考えてから、

「ごめんくださいって、まず言う」

「夫が玄関に出たら」

「やはり、ごめんください、奥さんいらっしゃいますかって言うより仕方がないだろう」

彼の真面目な顔にわたしは笑いながら想像した。夫はたぶん、どうぞと彼を家に上げて、むかしの恋人がきたよと冗談めいてわたしにささやき、ちょっと出てくると言って台所からサンダルでも引っかけて出かけてしまうだろう。

わたしたちは客間に向かい合って、なんとなくそそくさと、子どもや孫の数を話し合い、武上は短時間で帰ってしまうだろう。

夫は自宅で酒を飲まない人だから酒の接待をすることなど考えられない。そして夫は、何か用事だったの、とくらいは聞いてくるかもしれないが、それ以上深く聞いてくることはないだろう。淡泊な人だから。

当時わたしはコンタクトレンズで最高〇・七の視力があった。裸眼で〇・一、メガネで〇・三くらいだった。コンタクトレンズはわたしの長い人生で約十年あまりの間、目に恩恵を与えてくれた。コンタクトレンズを嵌めることで、ほぼ普通の人と同じ風景を見ることができた。

コンタクトレンズを使用しているとき、ある講習会へ行き教室へ入った。普通なら前の席に座るのだがそのときは真ん中より後ろに座って黒板を見た。黒板に書かれている白墨の文字が読めるではないか。真ん中の席で黒板の字が読めるのは生まれて初めての経験だった。わたしは小躍りして喜んだ。人生であのころがわたしの目が一番輝いたときなのであろう。

その後、わたしは五十代で白内障を発症して人よりかなり早い時期に手術をして眼内レンズを入れた。

わたしには目は悪化していくという予感があった。いや予感というより事実である。

武上にわたしは子どものころからなんでも話をしていた。

「歳を取ったら目が悪くなると思うの。だからわたし長生きしたくないわ」

久しぶりに逢った渋谷の喫茶店で、その日もわたしはそのような話をしたかもしれない。

目が悪くなる、見えなくなるという現実の厳しさをわたしはまだ知らなかった。現実を知らないままに、こころの底に不安の糸は切れることなく、消えることなく生き続けていた。そしてわたしはその不安を武上に逢ったときいつも訴えていた。無意識に、と言ってもいい。

彼の妻が長い間病気に罹り、わたしたちはまた逢わない期間が続いた。

わたしは自分が五十歳くらいになったとき、精密検査のためにあちこちの大学病院を訪ねていればよかったかもしれないという後悔がある。過ぎたことを悔いるのは嫌いなわたしだが、また精密検査を受けたとしても、高齢になってからの難病発症は免れなかったのだと思う。

夕方、少しだけ雨が降った。雨の合間をぬうように細い声でヒグラシは鳴いた。

「カナカナ」

「カナカナ」

わたしは武上に逢うというのに、その鳴き声を聞くとなぜか悲しみが胸に迫ってきた。孤独感がじんわりわたしを包む。

翌日は良い天気でわたしは室内にいても眩しかった。いつものように遮光レンズのメガネをかけていた。武上の来訪に何か仕度をしておくことはないかと思ったが、何も思いつかなかった。こころの中だけがざわざわと慌ただしく、狭い室内を歩き廻ったり椅子に腰掛けたり立ったりした。

午後、ほぼ予定時刻にエントランスにあるドアホーンが鳴った。

わたしは少し慌ててドア解除のボタンを押した。小さな画面に来訪者の顔が映るはずだが、わたしには見えない。

わたしは三階の自分の部屋の玄関の外に出た。玄関の壁に寄りかかって来訪者を待った。痩せて背が高い、とわたしは彼のことを想っている。廊下の角に影が立った。その人物はわたしに近づいてきた。影はゆらゆらとして薄い。あと数歩ほどになったとき、わたしはゆっくりと身を翻して、彼を誘うように重い玄関ドアの中へ入った。

武上はわたしの後ろからドアを引いてわたしの独居へ入った。どうぞ、お上がりくださ い、と言う代わりに小さな声で言った。

「後ろ、玄関の鍵を閉めて」

武上は玄関に出しておいたスリッパを履いてわたしの前に立ち、わたしをじっと見つめた。彼は若いときから相手を凝視する癖がある。いや癖というのか、無言でじっと相手を見る。それはこころを覗いているようである。

若いときから寡黙で、わたしをその深い目の色でじっと見ていた。若いわたしは彼の寡黙さと目の色に惹かれたのかもしれない。

室内は薄暗かった。わたしは視点をどこへおいていいかわからなくて、彼の胸元をぼんやり眺めた。

武上は両腕でわたしを抱きしめた。痩せた肉体が感じられた。胸の厚みはなくなったままだ。彼の妻が肺癌で亡くなったころ、彼は寝ずの看病と仕事で何キロも痩せた。骨が喉、肩、胸と出ていた。それきり彼の体重は戻らなかったのであろう。その後、わたしの夫の病気が始まりわたしたちは逢うことはなかった……。

長い無言の抱擁だった。わたしは彼の胸をそっと押した。彼は一度腕に力を込めてからわたしを離した。

「ほんとうに久しぶりだね」

「ええ、でも突然今思い出したのだけど、弟の夏彦の告別式には来てくださっていたのね。見えないし、気持ちが混乱していてご挨拶できなかったけど」

「夏彦君は残念だったね。子どものころ優しい子だった。ぼくはめったに会わなかったけど、夏彦君に会ったときは君のことを聞いていた」

「そう、武上先生が姉さんのことばかり聞くって、笑って言っていたわ」

「そうか。夏彦君はぼくたちの間を取り持ってくれたわけだね」

「知らずして、ね」

夏彦が中学生だったころ武上は近くに住んでいて、短い期間だったが勉強を夏彦に教えてくれていたことがあった。

それから彼は聞いた。

「ひとりで住んでいるの？」

わたしは首を下に向けて肯定した。子どもは、と聞いてくるかと思ったが、聞かなかった。

「いくつになった」

「わたしのこと？　あなたより六歳下。お茶をいれるわ」

「君は若いな」

「ええ、こころが若いから」

わたしは彼に背を向けた。

彼は立ち上がって、

「ぼくがいれよう。長いこと、やもめ暮らしだ。慣れているよ。駅でケーキを買ってきた」

わたしは返事をしなかった。

すると彼はまた話し始めた。寡黙な彼は時々熱心に話すときがある。法廷でそうなのだろうかと思う。

夫はよく話す人だ。わたしはこころの中で二人をいつも見比べている。人生の中でわたしに多くの影響を与えた男たちだ。笑いを含んだ言い方になるが、優秀な男たちだ。そして、あるとすればだが、わたしの能力をある意味で認めてくれた男たち……。

「得意料理もできた。今度、君に作ってあげよう。とてもうまいってみんなが褒める」

「前に味噌汁の簡単で美味しい作り方を研究しているって言っていたわね」

「ああ、漬け物も……」

彼はふと口を閉じ、また声を低めて話し出した。

「君はぼくが来たときそこの玄関の外の白い壁に寄りかかってぼくを待っていただろう。左手を腰のあたりの後ろに、右手を肩のあたりに上げて、首を少し傾げて立っていた。まるで十七歳の少女のように、頼りなさそうな雰囲気で立っていた。君はあのとき、ぼくの顔がわからなかったの？」

彼はわたしをじっと見つめた。

「だってあまりにおじいちゃんになってしまったんですもの」

とわたしは笑ったが、彼は真面目だった。

わたしは黙って彼を見つめ返した。たちまち涙が流れ落ちてしまった。武上の前で絶対に泣きたくないと思っていたのだ。わたしは顔を背けたが、彼は話しを続けた。

「君はほんとうに頼りなさそうで、あのまま壁に吸収されて消えてしまいそうだった。そしてそのような君を、むかしぼくは見た覚えがある。そのようなむかしに、君がタイムスリップして消えていくのではないかと思って君の実態を抱きしめて安心した。あれはね」

と彼はわたしの手をとり椅子に腰掛けさせ、自分も椅子を引き寄せ座った。膝と膝が触れあう距離にいた。

「あれは、ぼくが岡山へ赴任するときのことだった。東京駅へ君は見送りに来ただろう。ぼくの同僚や友だちがいた。君は知らない人ばかりで恥ずかしかったのだろうか。挨拶してからすぐぼくから離れた。そしてホームの大きな白い柱に寄りかかった。ぼくは君の傍へ行きたかったがそうはいかない。君がくればいいと思っていたが列車が動き出すまで君は動かなかった。あのときの淋しそうな顔がさっきと同じだった。いや、ちょっと、違う。笑ったね、さっきは。子どもみたいにはにかんで」

「そんなむかしのこと、覚えているはずがないわ」

わたしはやや挑戦的に言った。あれがわたしと武上の一回目の別れなのだ。彼は司法修習生としてわたしの傍から飛び去った。わたしはまだ十七歳の高校生だった。わたしに彼を引き留める術があろうはずがない。

わたしの身の周りの事情が、彼が東京へ戻るまで彼を「待つ」ということを許さなかった。わたしに人生を振り返ったとき、待つということのできない人間のように自分を思う。数分間、数時間、そして数年、数十年、わたしは待つということができなかった。もし、待つということができたらわたしの人生は変わっていただろう。七十代になって、わたしは待てる人間になっただろうか。

あのとき、列車の中に立っていた武上と、ホームに立っていたわたしの間には無限の距離があった。

そして人々の足許には大きな穴があって、それは天空の丸い月がすっぽり入れるような大きな穴であった。もちろん人々はその穴の存在を知らない。見ることもできないのだから。

その穴は「時のさかい」というものに左右に仕切られている。一方には不幸が一方には幸せが詰まっている。人間は巨大な穴の上を歩いているのだ。幸せの上を歩いているのか、不幸の上を歩いているのか、それはわからない。ただ、穴の中へ落ちることがある。引きずり込まれることがある……。

わたしは武上に、ぼくの顔が見えなかったの、と聞かれたときこころがえぐられるようだった。

こころが挫けて泣き出してしまいそうな自分を感じていた。懸命にこころを支えていた。こころを持ち上げていた。「見えない」という現実を彼の前にさらけ出してわたしは平常心を保っていられるだろうか。あれもこれも、だれもかれも見えないのだ。映像が薄れて今にも消えかかっているのだ。色が見えないのだ。輪郭の欠けた白黒写真なのだ。

「ぼくはあのとき、ホームの君を一枚の絵のように長い人生の中で、思い出していた。一枚の絵としてこころの中に持ち歩いていた。引っ越しをしたときも、妻と結婚をしたときも一枚の絵は捨てなかった」

泣くことをこころに禁じたのに涙がいくらでも流れ出た。夫が亡くなって十年、わたしの涙はもう枯れてしまって、情の強い女のように涙は出なくなっていた。それなのに今、泣き虫の少女に戻って泣いている。

「お茶、飲みましょう……」

われながら情けないと思うのだが声が震えていた。ティッシュを出して鼻を何度も拭いた。赤鼻のおばあさんになっていただろう。

武上は立ち上がって自分の前にわたしを立たせて両肩に手をおいた。

「しっかり聞いて、ハイと応えてください」

わたしは彼の言おうとしていることがわかっていた。首を左右に振り続けた。長いあいだ。

「駄目よ。言ってはいけない。駄目だわ」

「どうして首を振るの。いいね」

「駄目です」

「結婚しよう」

わたしはこころの中で叫んでいた。

もう遅い。来かたが遅い。何もかもすべてが遅い。歳を取り過ぎた。わたしの目はあなたを見ることができない。できなくなった。

「いいね。ぼくはさっき君のあの頼りない笑顔を見たとき、決心したんだ。あの、子どもの泣き笑いのような顔を見たとき、君をひとりにしないって決心したんだ。ぼくは君の障害の程度がよくわからないだろう。しかし、君の目となれる。きっとなる」

「わたし、あなたを待っていたわけではないわ。ひとりで生きていこうと決心したのよ。決心していたのよ」

「うん、それはわかっている。ぼくも長男の同居の申し入れを断ってひとり暮らしをしている」

「それに、だれでも人の目の代わりにはなれないわ。たとえあなただって、なれるものですか」

「そうかもしれない。だが」

「今ごろ来て、何もかも遅いわ。帰ってください」

「ぼくが悪かった。きみの目となれるように努力しよう。はじめから駄目だと決めつけないで欲しい」

「でもね、洋服の色が見えないのよ。花の色も消えてしまったのよ。食べ物が口に入らないと何かわからないのよ。一日一時間だけ見えないのではなくて、二十四時間見えないのよ。しかも治ることはないのよ。わかりますか。鏡の自分の顔が見えないのよ。ああそう、子どものころ、あなたはわたしにハーンの『のっぺらぼう』という話をしてくれたことがあるけれど覚えていますか。今、わたしは自分の顔がのっぺらぼうのように思えるのよ。目も鼻も口もない、笑顔のない、感情を隠した無表情なのっぺらぼう。あなたはのっぺらぼうと結婚しようとしているのよ。分別のある高齢者が。のっぺらぼうはお化けだわ。人間ではないわ。人間ではないようにわたしを見る世間の人間がいるわ。善良そうな顔をしてわたしをトゲで刺す人間がいるわ。彼らの弁明は、知らなかった、何も気が付かなかった、ということよ。気が付かなかったと言えばいいと思っているのね。想像力はゼロ。自分のことしか考えられない、立派な人間よ」

わたしは泣いた。しまいに声をあげてだんだん激しく泣いた。泣きながら男の前で泣くことは恋の敗北だとわたしはわかっていた。

老いたわたしは身に溜まっている悲しみの涙を絞り出した。彼はそっとわたしの背中をなぜて、わたしが落ち着くのを長い間待っていた。

わたしは最後のものをからだから絞り出して叫んだ。

「もう何年もわたしは文字が見えない。文字を読まない」

わたしは息を止め、ガラス戸を開けてベランダへ出た。新鮮な空気が欲しかった。こころに響く歌声を聞きたかった。

ベランダは午後の陽光が満ちていた。陽光は何よりもわたしを暖かく包んでくれ、慰めをくれた。

わたしは目が悪化に向かっているとき文字の夢を見た。文字は用紙に書かれていた。わたしは懸命にそれを読んだ。文字はきらきらと銀色に輝いていたけれど、わたしには読むことはできなかった。そして最近は文字の夢を見なくなった……。

武上はわたしについてベランダへ出た。

彼は無言でわたしの全身に触れあうように立っていた。それは陽光と同じくらいの暖かさを持っていた。武上の形をした陽光そのものだった……。

視覚障害者にとって触れることに違和感はない。触れていることはわたしのこころに安心をもたらした。視覚を補うもの、触覚、聴覚、味覚、嗅覚、そして、目から何の映像も送られてこない現在の脳が、過去の記憶から素晴らしいものを取り出して、今の視覚を補ってくれる。


わたしは期待した。やはり鳴いた。

「カナカナ」

「カナカナ」

「以前きみと山へ行ったときヒグラシの鳴き声を聞いたね」

わたしはこころの中で答えた。ええ、まだ若かったわね……。

彼はわたしの肩に手を置きつぶやいた。

「蜩はあと何日の命かな」

わたしはまたこころの中で答えた。

あなたはあと何年生きますか。わたしはあなたと同じ歳月を生きます。同じ時に死にましょうね……。

わたしは彼の右腕をそして左腕を上着の上からなでた。彼はわたしの頬に触れ、わたしも彼の頬に彼の手に導かれて触れた。

「ほんとうに君は見えないのかな。ぼくのしわがよく見えているのではないか」

「そうかもしれないわ。おじいさん」

わたしは幼子のように、泣いたり笑ったりを繰り返した。そして思った。見えないわたしの方が気楽かもしれないと。しかし、すぐそれを強く打ち消した。

どんな場合であっても見えない方がいいという選択はあり得ないのだ。

二人が中年のころ、近郊の山へ行った。山のバスは終わりが早い。わたしたちはバス停に向かって黙々と帰りを急いだ。足許にコオロギが鳴きだした。今までうるさく鳴いていた蝉の声が、はたっと止んだ。今まで見えていた人影が急に見えなくなった。

「あの人たち、どこへ行ったのかしら」

わたしは取り残されたような不安を感じた。

「間に合うよ」

彼が小さく言った。わたしはだらだら女のように口に出して、どうにもならないことを言った。

「バスに遅れたらその先の電車にも遅れる。どうしよう。家へ帰るのが遅くなる」

そのとき遠くでヒグラシが鳴いた。

「カナカナ」

わたしは急に口を閉じた。ヒグラシは夜の世界へ誘い込むような怪しげな声で鳴いた。

山間を黒い霧が包んでくる。

あのヒグラシの鳴いている樹の下あたりに「時のさかい」があるのだろうか。

巨大な穴を仕切る「時のさかい」のどちら側へわたしたちは落ちるのだろうか。幸せが溢れている方と不幸が溢れている方とどちら側へわたしたちは落ちるのだろうか。

「時のさかい」は人間には見えない。ある場所もわからない……。

「バス停の明かりだ」

わたしの幻想は武上の大きな声で遮られた。

彼はわたしの手を引いて半ば走った。

もちろん二人ともこころの中は口にださなかった。だらだらとどうにもならない心配を口に出す女を彼は好まない。わたしも好まない。

バスは遅れているのか、勢いよく山道を走った。

ヒグラシの声はまったく聞こえなくなった。四、五人の中年女たちの賑わいだけであった。彼女たちはどうしてあんなに騒いでいられるのだろうか。不思議だった。つまらないことで騒いで何かを忘れるためだろうか。それともこころに重い石を持っていない人たちだからだろうか。

窓外はすっかり暮れていた。

予定通り帰宅できる、わたしたちはほっとした顔を見合わせた。窓ガラスが鏡のようになって男と女の顔の一部分を映し出していた。窓ガラスは汚れていた。

嵐とか交通事故とか、半ば不可抗力な出来事に遭って、「時のさかい」で足を踏み外してしまい、穴に落ちて、不運か幸運か、どちらの穴に落ちるかわからないが、ともかく落ちてしまい予定通りに帰れなくなって、それぞれの家族は心配して心当たりを探し廻る、探せるはずがないのだが探して、こちらからも必死に連絡を取る、取れるはずがないのだが、とにかく取って……とわたしはとりとめもなく空想を続けた。

バスが終点へ着いて電車に乗るとき、わたしは彼が途中で乗り換えて渋谷へ行くように勧めた。彼の自宅は渋谷駅からの方が近い。わたしと一緒に新宿まで出ると彼の帰宅は少し遠回りになった。彼を早く病妻の元へ帰したかった。バスの中で彼がそっと腕時計を覗いたことをわたしは知っていた。

わたしは終点の新宿までひとりで帰ると言い張った。

彼はかなり渋っていたが、とうとう途中下車して直接渋谷へ帰ることを承知した。ホームへ降りた彼はわたしの背中の窓ガラスをコツコツと執拗に叩いた。わたしは顔を前に向けたまま電車の発車のベルを待った。振り返ったらわたしがホームへ飛び降りるか、彼が閉まるドアの隙間から車内へ入り込んでしまうか、理性を離れた行動を起こしそうな気がして、首を前に固定していた……。

武上が電話で来ると言ったとき、夕食を一緒に食べることなど想像もしていなかった。ましてわたしの家で。

だがわたしたちは早めの夕食を一緒にとった。想像もしなかったことが起こったのだ。考えもしなかったことが起こったのだ。

それらは残り少ない時間の中へ組み入れられたのだ……。

近所で鰻重の出前をとった。うなぎは武上の好物だったので特上にした。かつて、新橋の彼の事務所を訪ねた帰り、老舗のうなぎを食べに行った。いろいろなことが昨日のことのように頭に浮かぶがみんなむかしのことだ。過ぎ去ったことだ。

現実に目の前で進行していることと過去が交錯する。また現実と似た過去が浮かび上がってきて現実と同時進行する。何か、こんなことがあったなあ。同じようなことが、と度々想う。

それは脳みそに過去がこびりついている高齢者の夢想だろうか。

だが暖かく身に沿ってくる過去もある。

「あけびって呼んでいいか」

うなぎを食べながらリラックスした調子で彼は聞いた。わたしは少しの間、彼の顔を見えない目で見つめてうなずいた。言葉を発する前に考えなくてはいけない。

今まで旧姓かあけびちゃん、あけびさんであった。わたしが結婚してからの姓は呼んだことがないように思う。

わたしは彼を遅くなってから帰したくなかった。最近、夜道は物騒な事件が多い。もう、彼は力のない老人だ。数人の中高校生に囲まれたらやられてしまうだろう。夫もそうだったが武上も若い者に負けないという自信がある男たちだ。

わたしは玄関へ彼を押し出しながら言った。

「ねえ、もし万一、一緒に暮らすようになったら、すず虫飼ってね」

「すず虫飼うのはいいけど、万一なんて、まだそんなことを言っている」

「でも、何事も絶対なんていうことはありえない。今夜だって、何が起こるかわからない。だから気を付けて帰ってね」

わたしは瞬間的に三十年も前のことを思い出した。夜の遅い武上からの電話で知ったのだが、彼は帰宅途中自宅近くの横断歩道を歩いていた。そこへ片側から軽自動車が走ってきた。信号が赤だから止まるはずだったが、若い運転手はブレーキをかけなかった。軽自動車はスピードをほとんど緩めないで彼の方へ走ってきた。逃げ場がなかった。彼は咄嗟に逃げないで軽自動車へ向かった。フロントガラスの前に飛び乗って彼の命は助かった。

病院へ行って診てもらったが、骨折、ねんざはなくかすり傷だけだった。幸運だった。彼は病妻にそのことをうちあけないで内緒にした。いつもより数時間帰宅が遅れたことを、突然の訪問者のせいにした。彼は、だれにも黙っていようと思ったけどきみだけに、と言った。

「奥様の病気に障るといけないから、黙っていた方がいいわ」

とわたしはつぶやいた。

わたしの夫は仕事でまだ帰宅していなかったが電話はすぐに切れた。その夜、寝床に入って疲れた肉体を横たえて、彼が考えたであろうことをわたしも考えた。人の命に限りがあることなどを……。

そんなむかしのことがこまごまと脳裡に出てきたがわたしはそれに触れなかった。

「すず虫の鳴き声が虫の中では一番きれいなのよ。かろやかで澄んでいて濁りがないの。天使が鈴を振っているよう。わたし、飼いたかったけどひとりでは無理だった。えさをやるときよく見えなくて、みんなかごから逃げてしまった。玄関と風呂場で鳴いているのがいたけど次の日はみんな死んでしまったわ。わたしは虫も飼えないのよ」

「ああ、わかった。なんでも飼おう。だからぼくの言うことをよく聞いて」

わたしは笑った。むかしのように子どもあつかいにして話をするのがおかしかった。わたしはその笑いの中で素早く空想した。

わたしは目が見えないから、彼の精神がいつまでも若々しければ彼をそんなに老人とは思わないですむだろう。彼からわたしを見ると六歳もわたしの方が年下なのだし、それに彼はぼんやりで、なんでもわたしのことが良く見えるのだから、老いの恋は早々に破綻しないかもしれない。わたしたちは「老醜の池」に落ちないように気をつけなければならない。突然やってきた幸せを人はすぐには信じられない。疑いが顔をだす。その疑いがこころを汚し、人を不幸にする。

目が悪くなってからのわたしは、夜道を歩いたことがない。そこまでも彼を送っていくことはできなかった。

夜道を彼と腕を組んで月を見ながら歩きたかった。だが諦めた。

彼は玄関のところで優しく小さな声で言った。

「帰ったら電話する。明日来れたらくるけど、片付けがある。婚姻届けの用紙も役所から取ってきたい。明後日は間違いなくくるよ。きみがお子さんに話をするとき、ぼくが立ち会った方がよければいつでもくるよ。息子さんは反対しないだろうか」

「はい、大丈夫よ。わたしのすることに何も言わないわ。息子は最近毎週様子を見にくるようになったけど。あなたの方は」

「ぼくも大丈夫だよ。役所で用紙を貰うとき恥ずかしいな。まさかぼくが結婚するなんて見えないだろう」

「代理で来たと思うから大丈夫よ。それとも何かの、そう、お面でもかぶって行きますか」

わたしは子どものように声を立てて笑い続けた。これが現実だろうか。武上は続けて言った。

「それから住む家は……」

ああ、武上は急いでいる、とこころの中でわたしは思った。

ここは急いではいけない。あわてて、「時のさかい」を踏み外してはいけない。不幸の穴の方へ落ちてはいけない。足許のどこに巨大な穴があるのかわからないのだから、それなりに、落ちつかなければいけない。

わたしたちは長い間、二つのこころを抱いて生き続けてきた人間だ。だけれど、今はその問題は置いておこう。二人で暮らし始めたら話し合う時間はたっぷりある。それに今となってはそれは過ぎ去った過去の問題ではないだろうか……。

過ぎ去った事柄は過去のゴミの山に捨てた方がいい。

ところで彼の長男は弁護士だから、細かい話をするのだろうか。財産とか遺言書とか。しかしそんなことはどちらでもいいことだ。わたしはふつうの人より働いてきたのだから。

そうだ、食事付きのマンションで隣の部屋同士で住んでみたいな。二十四時間「人」と一緒にいるのは息が詰まるだろうな。夫はわたしに干渉をしなかったけれど、武上は少し煩そうだな。

だが、そんなことを思ってはいけない。わたしたちの命の先は短いのだから。何事も感謝して受け入れなければ。

武上が玄関を出るとき、突然言葉がわたしの口から滑りでた。

「そこまで見送るわ。あなたと月を見て一緒に歩きたいから。またここまで送ってきてね」

「ああ、ぼくは視覚障害者のこと、もっと勉強しよう」

「ありがとう。わたしが教えてあげます」

二人で腕を組んで歩いた。

わたしはいろいろなことを考えた。

夜道を月を見て虫の音を聞いて歩ければ、それだけでもいい。それが毎日でなくても、一週間に一度でも、いや一日おきなら最高だ。

魔物が棲んでいるような怪しげな満月、魔法使いがブランコしているような三日月、天空から糸でぶら下がっているような薄い月、そのような月を見上げながら武上と腕を組んで歩きたい。ゆっくりと、どこまでも、どこまでも。

子供時代のことから、逢っていない年月のこと、目の見えない悲しみ苦しみなど、みんな話をしたい。あっちこっちに話を飛ばして、同じことを何十回も繰り返して、思いつくまま話がしたい。からだに詰まっていることをみんな吐き出したい。それに自分のことだけではなく、世界中の出来事も。そうだ、彼の孫のことも話をしよう。彼も孫は人並みに可愛いだろうから。

彼は腕をほどいてわたしの左手を握るだろうか。指と指の間に彼の指を差し込み、強くしめつけるだろうか。若いときのように。

月が雲に隠された。黒くなった天空に震える星がグランドピアノを形作って現れた。天空から音楽が聴えてくる。ピアノソナタだ。わたしたちは立ち止まって聞き惚れた。音楽がこころを解かしそうになったとき、風が吹いて雲を払った。

また月が現れた。

わたしは彼の腕を左腕でぐっと捉えた。右手は白杖のもの、神聖なもの。わたしたち、月まで行ってしまうだろうか。月に近づきすぎて、光に吸い込まれてしまわないだろうか。どこまでも腕を組んで歩きたい。ゆっくりと、月に向かって二人で。ゆっくりと、何もかも安心して思い煩うことがなく……。

月の光の中でわたしの夫と彼の妻が、弟の夏彦が、母が、友だちが、大勢の先に逝ってしまった人たちが、仲良くわたしたちの来るのを待っているのではないだろうか。手を大きく振って、きっとにこにこ顔で楽しそうに笑い声を立ててわたしたちのくるのを待っている……。

耳を立てて書く

（あとがきに代えて）

今のわたしの暮らしは、第三の人生というものだろうか。

結婚をして、親が亡くなり、子育てが終わり、伴侶が亡くなる。そしてひとり暮らしが始まった。ここらあたりで人生の一幕、あるいは二幕が下り、第三の人生に入っているのだろうか。

木々は枯れ葉を落とし、素肌を顕わす。折れ曲がった枝の造形美はどんな職人にも真似のできない美しさがある。簡素で複雑な直線と湾曲の組み合わせの美しさがある。

老いた人間に古木の美しさがあるだろうか。周りの人間が、老人から古木の美しさを見いだすことができるだろうか……。

最近ぼんやりして何もしないで時間を過ごすことが多くなった。しかも、目を軽く閉じて、眼前のものを何も見ていない。

そのような自分に恐ろしさを感じることがある。

これはどうしたことであろうか。

目が悪くなり高齢の独居なのだから仕方がないと、自分を庇う気になるが、しかし、ふと我に返って自分を振り返るとき、木石のような我を発見するのである。

十代が小学生・中学生・高校生と分かれるように、高齢者も「高齢初期」「高齢中期」「高齢後期」としたい。初期と後期では、体力・気力・智力に雲泥の差がある。

わたしは六十代半ばまでは五十代の続きの気分であった。まだ老人とは思っていなかった。目も見えた。

ところが大学病院で「網膜色素変性症」という目の難病を診断されてから、目の悪化に伴い徐々にあるいは急速にわたしの生活が変わっていった。

存命中の夫に聞いたことがある。

食後のコーヒーなど飲んでくつろいでいたときであったと思う。

「あなた、ふつう、わたし、目を開けてものを見ている？」

夫は正直に答えた。

「そうだなあ。最近はつぶっているなあ」

わたしは一瞬、からだもこころも固くして押し黙った。

わたしは目をきちんと開き、声のする方、相手の顔を見るように気を遣っていた。声のする方へ目を向けた。夫の答えは簡単にわたしの密かな思惑を打ち壊した。もちろんわたしは他人に自分が見える振りをしようなどとは、毛頭思っていない。だが少女時代から人の顔を見つめて相手の言葉を聞き取ろうとする癖があった。

目もなく鼻もなく、色もない、華やかさの微塵もない、使い込んだ「すりこぎ」のようなおばあちゃんになってしまったのだ、わたしは。

鏡の中の自分の顔が見えなくなってから、鏡を見なくなった。わたしの家に鏡というものがあるだろうか。

前に住んでいた家では玄関に姿見、階段の踊り場、各部屋に鏡は置いてあった。わたしは元々化粧などあまりしないので、あえて鏡をぶら下げておいて、通りすがりに鏡を見るようにしていた。

いつからか、老人施設の職員たちにやさしく大きな声で幼稚園児のように話しかけられるようになった。はじめは戸惑いを感じたが、だんだんそれに慣れて、やがて鏡が見えなくても職員たちや周りの人たちの言葉や態度で自分の姿を想像できるようになった。人の世話にならなくては生きていけない、矜持を持ってはいけない高齢者のわたし。

鏡が見えなくても接触する人の態度で我が身を知ることができる……。

夫の墓参りに行った。墓には夫の骨が入っている。焼却から骨拾い、納骨まで一貫して見ているから家の仏壇より墓に夫がいるという実感はある。墓所は花の匂いがする。わたしはこころの中で夫に話しかける。

「あなた、買ってきた花の色が見えないのよ。色彩がない世界はつらいわ。早めにそちらへ行きたいわ」

矛盾した言葉を付け加える。

「だから元気で待っていてね」

夫の答えは聞こえない。若いころ着た、白地にオレンジ色、水色に小菊などが散っている、小紋の着物が脳裡にぱっと広がる。

死者は色がわからないのかもしれない。

ぼんやりとしていると認知症になるのではないかという不安がこころによじ登ってくる。物が目で認識できないのに、頭でも認識できなくなったらどうなるのだろうという恐怖がこころの底からわく。現在、言葉でひとつひとつの物事を記憶して、また、脳から取り出すという少々時間がかかる作業をして暮らしているのだが、脳から何も出てこなくなったら見えないだけに認知症は重くなるだろう。

認知症になってイヤなことは忘れてしまえば、何もわからなくなればこころが安泰に保たれるのではないかとも思うが、人間の脳は、イヤなことは忘れ、楽しかったことだけ覚えているという取捨選択ができるのだろうか。

わたしは嫌なことがまったくない人生もつまらないのではないかと思う。

だが、どうして、と思うほど次から次へ不幸に見舞われる人もいる。その逆の人もいる。

ミミズのたわごとのようなことをパソコンに向かって打っている。パソコンの音声を集中して聞くためにたぶん、わたしの耳は狼のように尖(とが)って立っているだろう。目は軽く閉じているか、画面をにらみつけているだろう。キーを打つ指先は、両手の十本を使っているが、「バネ指」で小指、薬指、中指などが痛い。左手の指先がぶるぶる震えることがある。人間の末端、指先はとても大切なことを知る。

耳だけでものを書くことはなかなかたいへんなことだ。時々パソコンはとんでもない読み方をするし、変換ミスも度々起こす。文章を読ませているとき間違いを見つけても、その場所を突き止めるのに一苦労だ。下矢印で一字一字探していく。

常に整備されたパソコンとそれを使いこなせる技術があれば、わたしの現状は随分楽になるだろう。音声を聞いてパソコンを打っていても目で確認できないため、絶えずわたしには不安が付きまとう。わたしの身に沿ったパソコン指導者がいてくれたらどんなにいいだろうかと願っている。

パソコンを習い始めたころ、キーの文字がまったく見えなくても打てるようになるのだろうかと思ったが、繰り返し練習することで人間はかなりのことができるようになるものだ。

わたしと同じ網膜色素変性症の若いパソコン講師がいた。

彼はわたしに言った。

「目で見ようとしてはダメですよ。ぼくはパソコンに向かうと目をつぶっている」

そのころの彼は白杖を頼りにひとりでパソコン教室へ出てきていた。

徐々に進行してやがて見えなくなる網膜色素変性症の人間にとって、それはとてもよい忠告であった。見えていた人間はほんとうに微かな文字でも必死で見ようとする。それをやめて全盲の世界へ入るのだ。見ようとして見えないより、はじめから見ないで練習した方が能率がいい。

わたしはパソコン講師の忠告に従って、パソコンに向かうとき目を閉じ、背中をまっすぐにするようになった。パソコンの画面は非常にまぶしいので目を閉じることはまぶしさを防ぐことにもなった。

視覚障害者といってもその見えにくさは個人差がある。

わたしの友だちで目の障害の上に耳まで聞きづらくなってきた人がいる。補聴器をつけたりしてまだ「耳福」を得ているようだが、彼の不安というより恐怖の感情は痛ましい。わたしは難聴の人の不便さも考えるようになった。パソコンの文字が見えなくてその上音声が聞こえなかったら、どうしたらいいのだろう。答えが見つからない。

わたしはいろいろなパソコン講師に教えをうけたが、今のわたしのパソコン技術はものたりない。また残念なことに、習ったことでもしばらくやらないと忘れていく。

わたしはひたすら自分の想いをはき出したくて、指先でキーを打つ。

脳の中のものを言葉に換え、それを指先で打つが、わたしのおっちょこちょいの指先は脳の指令通りに動かないで時々ヘマをする。

今までわたしにパソコンを教えてくれた人たちに深く感謝している。これがあってこそわたしはものが書けるのだ。

たくさんのパソコン教室の講師、ボランティア、近所の人、娘や亡き弟、孫たちなどに世話になった。

わたしの生きた印を耳で書く。わたしのものを、わたしだけのものを。それしかわたしにはないではないか。

それでようやくこころのバランスが保たれている……。

パソコンを打つとき、わたしのこころは三層に分かれている。今のこころと過去の見えたころのこころと、「ああ、ちょっとだけ、五ミリほど、ここが見えたら」という願いである。それらが複雑に交錯する。

「あー」

とわたしは老人らしからぬ大声を出して、パソコンから両手を離す。そして少ない余生を楽しく暮らそうという気持ちが少しだけ湧いてくる。

どのようにして楽しみを見つけるか、それが、とてもとても問題だ。

夕方になった。わたしは夕方と朝が「うつ気分」である。

過去にぼんやり浸かっていると机の置いてある左側の壁のあたりから音がする。

これは耳鳴りらしい。耳からではなく、頭全体から、頭のてっぺんから音が聞こえてくる。

もう少し若いときは夜も冬も蟬の鳴き声が耳から頭に聞こえた。はじめは真夜中に鳴いている蝉がいるのかと真剣に思った。やがて蝉しぐれの中にいるような騒がしい音が聞こえだした。

最近は部屋の白い壁の奥あたりから、滝が流れているような音がする。

「シーシー、ジャージャー」

それは耳なりの、今までになかった新しい音である。そして壁を隔てた向こうは隣家である。わたしより高齢の八十代半ばの老婦人がひとりで暮らしている。

わたしはこころの中で彼女を気にしているらしい。娘と息子がいると聞いたが、これはわたしの想像だが、母親をあまり訪れて来ないのではないかと思う。隣家との境の壁に夜中などドスンと音がすると、わたしは彼女が倒れたのではないか、などと心配するが、何事もなく夜は明ける。

反対側の隣家には男性が住んでいるらしいが、これは老婦人よりもっと交流がない。もちろん、朝夕の挨拶ひとつしたことがない。会うことがないのだから仕方がない。

わたしの住んでいる団地では住民にお目にかかることがほとんどない。お役所では地域住民の助け合いなどと言っているがわたしには絵空事に思える。

わたしは何かあったら身を潜めてみなさまの足手まといにならないようにしようと決心している。

十五年以上前のことでまだ目が見えたころのことであるが、高崎で、手の平に載るくらいの片目のダルマを買った。願い事が適えば残りの目に墨を入れる。

わたしの願いが適った。

「よかったね」

残りの目に墨を入れてもらった達磨は嬉しそうに言った。

それは小諸のエッセイ募集に入選したときである。

そのときの審査委員長だった高田宏氏が八十三歳で昨年の平成二十七年十一月に亡くなった。訃報が毎日新聞に出ていたと知らせてくれた人がいる。

授賞式の当日、三月の末に小諸の駅に降り立ったとき小雪が降ってきた。わたしは靴やストッキングの汚れを考えて、イヤだな、と思った。ところが高田氏は挨拶の席上、開口一番に言った。

「今日は先ほどから雪が降ってきました。これはとてもおめでたいと思いました……」

わたしは高田氏のその言葉が強くこころに残った。物事を前向きに捉え、多角的な物の見方をされている。

その後一度もお目にかからないで長い年月が過ぎ、訃報を聞くことになった。

また、わたしは目が悪くなってから、大勢の「文学同人」の中にいるのが無理だと思って、ひとりだけの同人誌を作ることを思い立った。Yさんに逢って相談した。わたしより二十歳も若いYさんだが長い間、点々とお付き合いがあった。いつも年上のわたしが相談者であった。彼女は快く手伝うことを承知してくれ、彼女自身の作品も書いて同人誌に載せることになった。

手作りの二人だけの文藝同人誌『霧』が出来上がったとき、暗雲の漂うこころの中にきらめく星を見たような想いであった。

Yさんは『霧』を高井有一先生へ送った。そのころ先生は朝日カルチャーで教室を持っていらした。思いがけず高井先生からご返事とご批評が届いた。創刊号から最終回の六号までぜんぶご批評を頂いた。六号のころは先生は体調を崩されていらしたが、それでもお手紙が届き感謝感激であった。

お手紙はYさんが読んでくれるか、パソコンに入力して送ってくれた。その中に、わたしに「書き続けるように」というお言葉があった。また『霧』の編集後記にわたしの書いた「信号が見えなくなった」という一文に「こころが痛んだ」と寄せてくださった。

わたしがなんとか書き続けられたのは高井有一先生の励ましがこころに残っていたからではないかと思う。悲しいことに、このあとがきを書いる最中、高井先生の訃報に接した。先生のご冥福をお祈りし、心からの感謝の気持ちを捧げたい。

きっとわたしは今までの人生を振り返るとき、あちこちにお礼を言わなくてはならない人がたくさんいると思う。


『〝目覚めよ〟と呼ぶ声が聞こえる』をお読みくださりありがとうございました。バッハの曲を聴いていて、この題名を思いつきました。わたしの半ば眠っているような目や脳に対して、「目覚めよ」とどこからか、なにものかが囁きかけてくるのです。

わたしは起きなくてはならない、起きようと思うのです。起きかけるのです。こころに、善悪を持っているこころに、なにものかから目を覚ますように語りかけがあるのです。

全体の題名が決まったので、中味の五編の作品と一編の詩を書くことができました。この作品の底流にあるものはどれもつながっています。それは祈りであり悲しみであり苦しみであり、絶望に近いものです。

耳を立て、パソコンの音声を聞きながら作品を書きました。作者のわたしが文字を見ていないのですから、きっと、お読みづらいところがあったと思います。お許しください。かれこれ十年近くわたしは文字の読み書きをしていません。

この度、この本を出版するに当たっていろいろな方にお世話になりました。

鳥影社の百瀬精一社長と編集部の小野英一さんには感謝しています。わたしの作品を理解してくださったように思われ、有り難く思っています。

また、その他わたしが生活している周りの方々に、パソコン上での校正、文章や電話番号などの読み上げ、宛名書きなど細々お手伝いをして頂きました。それは一分たらずのものから多くの時間を取るものもありました。

そうです、わたしのような視覚障害者には細々とした手助けがなくては、本は出版できません。本ばかりではなく、基本的に生きていくことができません。

わたしのこころに刻まれた方々をイニシャルで失礼ですが記させていただきます。Mさん、Aさん、FUさん、Kさん、Iさん、Yさん、Oさん、Nさん……です。

みなさま、こころよりお礼を申し上げます。

ありがとうございました。

二〇一六年　晩秋

片山郷子

※

次に記したわたしの小説集とエッセイ集は、視覚その他に障害があるか、その他の事情で本を読むことができない人のために、音声で聞くことのできる「デイジー図書」として制作されています。

小説集　『愛執』『ガーデナーの家族』『水面の底』『もやい舟』『花の川』

エッセイ集　『流れる日々の中のわたし』

なお、わたしの作品は次の図書館でデイジー化してくれました。

東京都北区立中央図書館

日本点字図書館

日本ライトハウス

相模原市立保健と福祉のライブラリー

「デイジー図書」は、全国の図書館で借りることができますのでお問い合わせください。

また、小説集『もやい舟』の点字本が一冊ありますので、ご興味のある方に差し上げます。

〈著者紹介〉

片山郷子（かたやま　きょうこ）

本名　片山恭子
1937年　東京都新宿区生まれ
60歳代半ば　緑内障　網膜色素変性症を発症

受賞：エッセイ「柿の木」にて第２回小諸藤村文学賞最優秀賞受賞（1995年）
　　　小説「ガーデナーの家族」にて第６回やまなし文学賞佳作受賞
　　　　　　　　　　　　　　　　　　（1997年／ペンネーム　清津郷子）
　　　小説「空蟬」にて第４回銀華文学賞受賞（2008年）

著書：詩集『妥協の産物』
　　　小説集『愛執』、第二作品集『ガーデナーの家族』、
　　　　　　第三作品集『水面の底』、第四作品集『もやい舟』、
　　　　　　第五作品集『花の川』
　　　エッセイ集『流れる日々の中のわたし』

メールアドレス：edelweiss0401@ybb.ne.jp

“目覚めよ”と
呼ぶ声が聞こえる

定価（本体1200円+税）

乱丁・落丁はお取り替えします。

2016年12月 5日初版第1刷印刷
2016年12月17日初版第1刷発行
著　者　片山郷子
発行者　百瀬精一
発行所　鳥影社 (www.choeisha.com)
〒160-0023 東京都新宿区西新宿3-5-12トーカン新宿7F
電話 03(5948)6470, FAX 03(5948)6471
〒392-0012 長野県諏訪市四賀229-1（本社・編集室）
電話 0266(53)2903, FAX 0266(58)6771
印刷・製本　モリモト印刷・高地製本

ISBN978-4-86265-586-8 C0093